U0577450

轻
阅
读
书系

希腊罗马神话
与传说中的爱情故事

郑振铎 译

北方联合出版传媒(集团)股份有限公司
万卷出版公司

© 郑振铎 2015

图书在版编目（ＣＩＰ）数据

希腊罗马神话与传说中的爱情故事 / 郑振铎译 . ——
沈阳：万卷出版公司，2015.6（2023.5 重印）
（轻阅读）
ISBN 978-7-5470-3613-6

Ⅰ . ①希⋯ Ⅱ . ①郑⋯ Ⅲ . ①神话 – 作品集 – 古希腊
②神话 – 作品集 – 古罗马 Ⅳ . ① I17

中国版本图书馆 CIP 数据核字 (2015) 第 068817 号

出 品 人：王维良
出版发行：北方联合出版传媒（集团）股份有限公司
　　　　　万卷出版公司
　　　　　（地址：沈阳市和平区十一纬路 29 号　邮编：110003）
印 刷 者：三河市双升印务有限公司
经 销 者：全国新华书店
幅面尺寸：150mm×215mm
字　　数：120 千字
印　　张：11.5
出版时间：2015 年 6 月第 1 版
印刷时间：2023 年 5 月第 2 次印刷
责任编辑：胡　利
责任校对：张　莹
封面设计：王晓芳
内文制作：王晓芳
ISBN 978-7-5470-3613-6
定　　价：49.00 元
联系电话：024-23284090
传　　真：024-23284448

序　言

年少读书，老师总以"生而有涯，学而无涯"相勉励，意思是知识无限而人生有限，我们少年郎更得珍惜时光好好学习。后来读书多了，才知庄子的箴言还有后半句："以有涯随无涯，殆已！"顿感一代宗师的见识毕竟非一般学究夫子可比。

一代美学家、教育家朱光潜老先生也曾说："书是读不尽的，就读尽也是无用。"理由是"多读一本没有价值的书，便丧失可读一本有价值的书的时间和精力"，可见"英雄所见略同"。

当代人的生活节奏越来越快，很多人感慨抽出时间来读书俨然成为一种奢侈。既然我们能够用来读书的时间越来越宝贵，而且实际上也并非每本书都值得一读，那么如何从浩瀚的书海中挑出真正适合自己的好书，就成为一项重要且必不可少的工作。于是，我们编纂了这套"轻阅读"书系，希望以一愚之得为广大书友们做一些粗浅的筛选工作。

本辑"轻阅读"主要甄选的是民国诸位大师、文豪的著作，兼选了部分同一时期"西学东渐"引入国内的外国名著。我们之所以选择这个时期的作品作为我们这套书系的第一辑，原因几乎是不言而喻的——这个时期是中国学术史上一个大时代，只有春秋战国等少数几个时代可以与之媲美，而且这个时代创造或引进的思想、文化、学术、文学至今对当代人还有着深远的影响。

当然，已所欲者，强施于人也是不好的，我们无意去做一个惹人生厌的、给人"填鸭"的酸腐夫子。虽然我们相信，这里面的每一本书都能撼动您的心灵，启发您的思想，但我们更信任读者您的自主判断，这么一大套书系大可不必读尽。若是功力不够，勉强读尽只怕也难以调和、消化。崇敬慷慨激昂的闻一多的读者未必也欣赏郁达夫的颓废浪漫；听完《猛回头》《警世钟》等铿锵澎湃的革命号角，再来朗读《翡冷翠的一夜》等"吴侬软语"也不是一个味儿。

读书是一件惬意的事，强制约束大不如随心所欲。偷得浮生半日闲，泡一杯清茶，拉一把藤椅，在家中阳光最充足的所在静静地读一本好书，聆听过往大师们穿越时空的凌云舒语，岂不快哉？

周志云

目 录

叙言

前年十一月的前后，我正在伦敦的浓雾中住着。白天大都在不列颠博物院的阅览室中看书，五点多钟出院以后，又必到对门几家专售旧书、东方书的铺子里走走。当时，我颇想对于某一种东西，有比较有系统的研究，所以看的书多半是关于这一类的，买的书也多半是这一类的。过了二三个月之后，还是没有把捉到什么，只不过在大海里捞摸几只针似的，零星的得到一点东西；或者可能说，是略略的多看一点绝版的古书，多购到几部无人顾问的旧籍而已。偶然，心里感到单调与疲乏，便想换一方面，去看看别的书。手头恰有一部 J. G. Frazer 译注的 Apollodorus 的 "The Librady"，便常常的翻翻。每翻一次，便多一次为他的渊博无伦的注解所迷醉了。Apollodorus 的本文，原来不过是一种古代神话的干燥的节录而已，然而 Frazer 的注却引人入胜，处处诱导你向前走去。于是我便依了他的指导，陆续的去借阅许许多多的关于这一类的书。他所译注的另一部六大册的 Pausanias 的 "The

希腊罗马神话与传说中的爱情故事

Description of Greece"，也天天放在我案头。我本来对于希腊的东西，尤其是神话，有些偏嗜，这么一来，更炽起我对于希腊神话的探求心来。我几乎忘了几个月来专心致志去研究的某一种东西了。我暂时归还了一切使人困疲的关于几个月来所研究的那一类的书。我在一大堆借来的参考书中，在白昼也须开着的灯光之下，拣着我所喜欢的几十段故事，逐一的译述出来。积有成稿时，便寄回上海，在《小说月报》发表，结果便成了这么一册《希腊罗马神话与传说中的爱情故事》。当时，我还要将这些故事，不管是不是我自己所喜欢的，全都译述出来，后来因为另有别事，便将这个工作又搁了起来，直到了现在。将来继续写下去时，还不知在什么时候，所以先将这么一小册出版了，也许可以作一种"引玉"的砖，借以激起对于希腊罗马神话有兴趣、有研究的先生们全部译述的雄心。"恋爱故事"一个名辞原不十分妥善，但因为这里所叙的全系关于恋爱的故事，所以暂时也不必归纳到"神话与传说"这个总题目之下，而仍让她独立着。将来如果能继续的将全部神话与传说译述完毕时，当然要将这二十多篇故事一一返本归原的；如果在几年之内没有继续的可能，则只能让这部畸形的"恋爱故事"独立存在着了。

这里的故事，其来历都一一的注明，请读者参看卷末的"根据与参考"。只有"勒达与鹅"一篇，文句全是我自己的，"歌者俄耳甫斯"一篇，也有一小半是我自己的补充。然而其所叙述的骨干却仍不曾违背了古老的传说。

这里所插附的插图，有一部分是我自己在伦敦、利物浦、巴黎、罗马、那不勒斯、佛罗棱斯、威尼斯诸地所搜集到的。

特别是 Raffaello 所绘的几幅顶画壁画，我们似乎还没有在别的地方见到过。这些顶画壁画，现在罗马的 Farnesina 别墅中。这个别墅有 Raffaello 的顶画的厅室，本是公开的，我去的时候，却正在闭门修理，所以始终没有瞻仰原画的机会，至今心还耿耿。

本书的索引是王少椿君的工作。本书的装帧，则出于钱君匋君之手，我对于他们应该特别的表示感谢。叶圣陶君的有力的校阅与修改也是我所不能忘记的。

1929 年 1 月 15 日于上海

希腊罗马神话与传说中的爱情故事

大熊小熊

朱必特（Jupiter）在阿耳卡狄亚（Arcadia）地方走来走去，偶然看见那里有一个美貌的处女，便双眼盯住了她，似乎骨头里生了火焰，爆发出新的力量来。她的名字叫作卡利斯托（Callisto），她不在家中织布纺纱，做女郎们常做的事；她的美发不加理饰，仅用一条白带束着，外衣紧紧地裹住身，手里有时执着银光闪烁的长矛，有时则执一张轻弓。她是狄爱娜（Diana）的女伴，没有一个仙女比她更为狄爱娜所喜的。现在，太阳刚刚经过中天，她为避那热光，走入一座阴凉的森林中；她把箭袋从肩头卸下，把弓放在地上，就仰卧在绿草芊芊的荫地，她的头轻轻枕在花纹精致的箭袋上。朱必特看见她这样的独自躺在地上，没有一个保护的人，便自念道："我去偷偷地拥抱她，我的妻一定不会知道的；即使她后来会知道，难道她的愤怒竟能使我放弃了这么难得的幸福吗？"立刻，他便变化成了狄爱娜的形状，他问道："美丽的仙女，你刚才在什么地方打猎了来？"仙女从地上跳起。他微笑着，双手拥抱住她，又热切，又有力，不像那位处女神往常的神情。她正要答说她刚才在哪一个森林中打猎的，他却温和的抚摩着她，止住了她的话。后来他的粗暴的行动，把他的真面目露出来了。她虽尽力的抵抗——唉，约诺（Juno）如果在此见她这样的抵抗，后来一定不会那么酷待她了！——但一个女郎，怎么能够抵抗得过朱必特呢？最后，他满足了欲望，回到天上去了。她觉得一株株的高树似乎都长出光亮的双眼，看见她所做的罪恶，心里很不高兴，便飞奔出了林中，几乎忘记了她的箭袋与轻弓。

狄爱娜与一班侍从的仙女们这时正到山中来，她猎得了不少的野兽，心里十分骄傲，她瞥见卡利斯托，便叫她到面前来。卡利斯托起初退却了几步，抖抖的，以为朱必特又变了狄爱娜的形状来了。但当她看见了围侍着狄爱娜的仙女们，就知道她不是朱必特变的，立刻出来加入她们的队中。唉，心中有了污点，一定表现于脸上，再也瞒不过人！她的双眼总是羞涩的望着地上，不再像往常一样紧随在女神的左右了，也不再在仙女们的前面第一个飞跑了；她默默不语，脸羞红不堪，这显然是做了什么亏心的事。然而狄爱娜不曾注意到。据说，她的仙女们却曾起过疑心的。明月圆了九度之后，女神进一座阴凉的森林，那里有一条泉水淙淙作响地流着。女神极口称美这个幽静的所在，便用足触着清凉的水，也很喜欢它的澄明，她说道："这里没有人窥探，我们都脱了衣服，在这清水中沐浴一会罢。"别的女郎都高高兴兴地脱了衣服，跑入水中，嘻嘻哈哈地笑闹着；只卡利斯托满脸通红，一个人默默地立在岸上，迟之又久，不肯脱衣服。于是她的伙伴环立在她四周，不顾她愿不愿，强迫脱去她的衣服。她裸体了，她的罪恶便被发现了。她神志昏乱，想用双手去遮掩那怀孕的大肚。女神怫然变色，叫道："去罢，不准玷污这圣水！"立刻，她将卡利斯托逐出了侍女的队伍，再也不许她出现于她的面前。

这时，朱必特的妻约诺早已知道了这事，久想得到一个机会使她受到痛苦，报复自己的仇恨；现在再也不能迟延了，因为小阿耳卡斯（Arcas）已经出世了。这像在约诺的妒火上加一把干柴，她脸若冰霜地望着新生的婴孩，叫道："够了，下贱的淫妇；就这一个小东西，已完全证明你给与我的损害，以及我丈夫的卑鄙下流了！但你将逃不了我的报复；我要摧毁在朱必特眼中看来那么可爱的你的容貌。"她说着，一手握住卡利斯托的头发，把她拉到地上去。卡利斯托伸出双手哀求，但是她的白臂开始长出鬖鬖的黑毛来，她的手成为尖锐的利爪，她的红唇，为朱必特所爱好的，如今成为血盆似的大口了。约诺还怕她的祷告恳求的话会达到朱必特的耳中，便将她说话的能力也剥夺了；粗涩可怕的号叫声从她喉中发出。她虽然这样变成了一只黑熊，她的心却仍是从前的心；她不住地号叫着，宣泄她的忧愤，还时时举起新生的脚掌向天；她虽不能开口骂朱必特的忘恩负义，她心里却以为他确是这样的一个神。唉！她常常觉得不敢独住在无人的森林中，只想走近她的屋舍，流连在自己的田地与草场之上；她常常为自己的狗的吠声引到了山上，还以为自己是一个猎者。她常常忘记了自己是一只熊，不敢与同类相见；她怕见黑毛鬖鬖的熊，不知她如今也是其中的一个了；她也怕见目光闪闪的狼群，不知她如今可以不必怕它们了。

她的儿子阿耳卡斯如今十五岁了，他完全不知他母亲的悲惨的运命。有一次他正带了猎网到森林中去，恰好惊起了他母亲。她看见阿耳卡斯便站住了，眼光炯炯地向他望着，像一个认识他的人一样。他惊退了数步，不知这是什么意思，也怕望见那双盯住在他身上的光亮的眼睛。他见她正欲向他走来，便挺起利矛来，预备要刺进她的胸；然而天神不准这事情实现，便把他们母子二人都带到天上去；他将他们放在天空里，成为邻近的两个星座，即是大熊小熊二星。我们至今每夜还看见他们熠熠的放着光明。约诺见她的情敌如今成了星座，位置在天上，心里虽十分愤怒，然而已没有方法再捉弄她了，她如今也成了一位女神了。

希腊罗马神话与传说中的爱情故事

勒达与鹅

　　仙女勒达（Leda）长得身材秀俏，面貌娇艳，却从没有一个男人或男神或漫游于山泽间的好色的萨蒂尔（Satyr）之类来向她求婚；也没有一个神或人像顽蝇一样驱拂不去，追逐在她的后面。这因为她住在与外面世界隔绝的孤岛上；岛的四周都是丛生的芦苇，终年不经刈割，高过人头；那时只有野鹜成群，时来休止，从没有一个牧童曾经到过，也没有一只牛或羊曾在那里临流而饮。春夏的时候，葱绿的苇草怒生，其中当然间杂着隔年的断梗干叶；秋冬的时候，一片枯黄，弥望皆是，连湖水的影子都被遮蔽了。所以岛外的人只看见那里是一个荒岛，住在岛上的勒达也从不曾知道岛以外还有一个世界，她以外还有许多神与人。她随意遨游，称心而憩，不知经过了多少的岁月。她每每躺在树荫下的绿草上，远远地望着灰斑色或金碧间杂的野鹜，时起时落，或连天而飞，或投苇而止。此外她所见是天上浮云，自舒自卷，自聚自散；是朝暾初上，午日当空，夕阳斜照；是缺月挂于树梢，清光泻于全岛；是繁星丽天，银河自转，熠熠发光，若相答语；她所闻是野鹜群鸣，凄悲透骨；是飚风过岛，芦苇有声；是微飚动树，枝条簌簌奏着雅乐；是骤雨落于枯芦，瑟瑟若冰雹的乱洒。她这样孤独地住着，无所谓哀，无所谓乐，也没有可喜的同伴，也没有触怒她的鄙夫。

　　然而有一天，她的环境，她的心境，却忽然地变了。这天她照常地卧在树荫下的草地上，懒散地看野鹜争食飞鸣，如明镜之照物，无所容心，也不复留影。忽然，远远的天空里显现一点洁如新雪的白点，不像浮云，不像雪片，它似乎发出闪闪的银光，映在蔚蓝的晴空，鲜明无比。这白点渐渐的近了，勒达不禁凝望着它，它似乎向着她飞来。到她看得清楚时，原来是一只羽毛雪白的鸟儿。它慢慢地飞落在丛苇旁的草地上。它的形状不像她见惯了的野鹜那么平庸而卑琐，它是雄健的，高视阔步，傲视一切的；它也不像野鹜那么怯弱地惊避着她，反而一步步向她走近。现在勒达看得更清楚了，它全身白色，一点瑕疵也没有，羽毛光泽而清洁，有一张橘红的扁嘴，一双橘红的蹼足衬托着，更显得俊逸可爱。它的身体肥圆健壮，头颈长而有致；短短而恰与全身相称的腿足，一步步不徐不疾地在嫩绿的草场上向她走近。她心里第一次觉到有了一件可喜爱的东西。它走近她身边，她用手抚摩它的羽毛同腻滑的头与颈，它驯良地任她抚爱着，似乎同她是老朋友。她的掌心触着它细腻光滑的毛片，起了一种温暖的腻感，这是她从来未曾感到的。陈自己的肌体之外，她从未曾抚触过第二个生物。这种温暖的腻感，使她的心脏起了未之前有的颤动。她心里有些纷乱了，手软瘫无力地落在它身上，不动也不移开。它却更挨近她一步，将柔和而又健壮有力的头颈，在她脂玉似的美肌上摩擦着；她心里更迷醉了，她感到又暖，又腻，又痒；仿佛如新浴之后，穿上一件在温火上温过的光滑的丝缎袍一样。她躺在草地上，任它摩擦着。她再没有力量抵抗它了；它的颈如今抚摩着她的胸前，合了双翼的身体如今在她的腰部擦着，橘红色的扁嘴如今不住地触着她耸起的乳房，使她不能动弹一下，化了石头似的软倒在地上。她的双颊醉了酒似的现着红红的光彩，她的心头卜卜地急跳着，双眼微微地阖着；似睡非睡的她心里更惑乱不定了。她的手自然地由它身上落下；她即欲立起逃避，已经不可能的了。她全身已经没有丝毫力气，她瘫痪了，她酥融了，她不复是她自己的，似乎全身融化而升华于晶天之上了。她是完全昏迷过去了，她已经不知道她自己如今在什么地方了。她似乎已经沉睡，她似乎在做着一个美梦，那梦境又迷离、又惝恍。等到她慢慢地醒来时，已经不见那只可爱的白鸟，她身上似乎还留着一缕温腻的颤感，还留着一丝抓不着痒处的微痒。她的身体还软软无力，不能起立。她似乎还看见那只白鸟在晴空里飞着，如一顶蓝帽上镶了一粒小而鲜明的白宝石。

这只白鸟乃是神与人之主朱必特变的。朱必特变了鹅与勒达恋爱，不久，勒达便生了一个蛋，在蛋中出来了两个孪生的男孩子，一个是卡斯托耳（Castor），一个是波吕克斯（Pollux）。后来，她嫁了丁达洛斯（Tyndareus），又生了一个绝代的美人海伦（Helen）。据另一个传说，朱必特和她所生的乃是波吕克斯与海伦二人，卡斯托耳与另一个女子克吕泰谟涅斯特拉（Clytennestra），乃是她与丁达洛斯所生的。海伦后来嫁了斯巴达（Sparta）王墨涅拉俄斯（Menelaus）；特洛亚（Troy）的王子帕里斯（Paris）却乘墨涅拉俄斯的远出，拐了她逃走，因此，便酿成了十年大战的特洛亚战争——这个战事在荷马（Homer）的"伊利亚特"（Iliad）里记载着。

希腊罗马神话与传说中的爱情故事

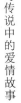

欧罗巴与牛

在菲尼西亚（Phoenicia）一个秀美的山谷中，有两个孩子：卡德摩斯（Cadmus）与欧罗巴（Europa），和他们的母亲特里孚莎（Telephassa）一同住着。他们俩都是美丽活泼的孩子，不知道世间有什么愁苦的事。欧罗巴生得尤为娇媚可爱。他们兄妹天真烂漫地终日在田野中游散。那个可爱的地方真是值得终日游散的；有各种名花奇果，橘子在绿叶丛中发出黄金似的光，大堆的枣子在树上挂下来，低着头好像在沉睡，还有香橼树林发出迷人的烈芬，勾引人远远的到它树下去。卡德摩斯和他的妹妹常在这些树林花丛中游戏。有时，欧罗巴藏在茂草中要他去寻找，当他找到她时，他的笑声总震响满谷。有时，卡德摩斯采撷了不少的花朵，将它们结成花冠，放在他妹妹的头上。有时，他们在山上追奔，由山下追到谷中，又由谷中追到河边。在谷中有许多绿草场，那里放着许多牛羊，牧童牧女常并坐在树荫下谈心，或倾听邻近的一个牧人悠扬地吹着牧笛，或倾听一个老牧人叙述一篇动人的恋爱故事或英雄冒险故事，这些故事往往使他们落泪。卡德摩斯和欧罗巴却不加入他们的队伍，他们兄妹的身份是高贵的，两人只在林中田野中游玩。有时，卡德摩斯骑了牛向田中走去；欧罗巴则和别的女郎们采花，斗草，或半身倚着牛背谈话。沿了河走去，便是大海，海滩上有无数迷人的贝壳，这也是他们常去拾集的。有一天，卡德摩斯上山去了，欧罗巴和女伴们正在海边一片绿草地上游嬉。朱必特经过这里，在云端看见了她，立刻沉醉于她的美貌，似乎顽皮的小爱神，又向他射了支致命的情箭。但女伴绕她而立，他不能立刻走下来和她接近，于是他想到了一个方法。

　　恋爱与尊严不能合一，为了恋爱，便不能不卸下尊严的面目；于是神与人的父，右手执着雷震，一点头便使山岳震撼的朱必特，这时也不得不抛开了一切威仪，变成一只牛，混在牛群之中，低着头，摇着尾，在草场上吃草。他的颜色是纯白的，连蹄也是纯白的，衬着柔驯的棕黄的眼珠，更显得异常的可爱；他的白毛洁净如新浴，且有光泽，没有一点瑕疵，没有一滴污泥；他的颈部肥胖得圆滚滚的，两个肉褶似的喉袋由肩上挂下；他的双角很短，然而光泽无比，似经匠人磨斫过，照在太阳光中珠宝似的发亮。他徐徐走近了欧罗巴。她惊诧他的美丽，又见他驯良可爱，便不怕他的走近。她将撷来的花朵，伸到他的白口边；朱必特心里愉悦，吻着她的手。他简直没有休息的时候，或在绿草场上往来，或在黄沙上打滚，看见她对于他渐渐的狎昵了；有时，他挨近她的身边，要她用温柔的手掌去抚拍他的胸部；有时低下他的角来，让她饰上花圈。现在，欧罗巴竟大胆地骑上他背上去。

朱必特负了一个绝代的美人在背，心里不禁有些颤跳；他如孩童得到了所爱的糖果，不欲立刻吞下似的，故意徐徐地在草地上来回走着。她坐在他的身上，正如一个牧童骑在他的牛背上，在夕阳光中缓步而归。她的女伴们跟在她后边，拍手欢笑。他渐渐地一步步向海边走去，她还不以为意；后来，他的足踏到绿波上了，她才开始惊骇起来，握着他的角要他回身。他却突然跳入海中，四足如腾云驾雾似的在海面上飞跑着。她骇叫起来，回望着她的海岸，岸上女伴们也惊叫了。然而不到一刻，她已经看不见陆地。她只好一手紧握住他的角，一手紧握着被风吹开的衣衫；她的惊慌的态度，更增加了她的美。她常常抬起白足，离开海面，不欲为拍溅的水波所湿；他则有意更深地沉入海中，使她更紧地抱在他的颈上。她的长袍的下端，被海风所吹，拂拂地向后飘荡着。朱必特将她带到了对岸，即欧罗巴的地方，回复了原形，和她生了一子。这时，卡德摩斯已由山上下来，听欧罗巴女伴们惊述前事，便奔回去报告他母亲，母亲要他出去寻找他的妹妹。他走遍了大地，哪里寻得到她的踪影呢！后来，他得了神示，中止他的寻找而去创造了一个新城底比斯（Thebes）。

阿波罗与达佛涅

阿波罗（Apollo），射杀了大蛇辟松（Python），心里很得意，肩着箭袋，执着银弓，趾高气扬而来。丘比特（Cupid）正站在路旁，笑嘻嘻地将他的小弓轻矢，西比东试，久久不发一箭。阿波罗见了他，便站住了，说道："你这好色的孩子，执了这张小弓有什么用处？你看我的弓，银光闪闪，安上了箭，杀那野兽顽敌，每发必中，直如探囊取物；新近才杀了一个巨怪辟松，它的身体真是硕大无朋，你见了一定要惊逃的。你的箭有什么用处？他们说，你是用它来燃起情人胸中的情火的。我不明白这是怎么一回事，我也不来管你的那些坏事，反正你抢不了我的弓神的荣誉。"维纳斯（Venus）的儿子顽皮地回答他道："阿波罗，你的箭百发百中，专射巨怪狠敌，我的箭却要射中你；你以杀死巨怪自夸，我的光荣却要比你更大。"他说罢，便展开银白色的一双小翼，在空中轻鼓着，悄然地飞上了帕耳纳索斯（Parnassus）山的峰尖，笑嘻嘻地用他肥白的小手，在箭袋中取出了两支性质不同的箭来，一支是燃起爱情的，一支是拒却爱情的；第一支是金子做的，箭头上金光闪闪，似有火焰发出，第二支颜色暗淡，箭头是铅的。他不经意地弯了弓，安上铅箭，向珀涅俄斯河（Peneus）的仙女达佛涅（Daphne）射去；又安上金箭，笑嘻嘻地向阿波罗射去，这一支箭直中在他的骨中。立刻，那个男的心中燃着熊熊的烈火，那个女的却躲避爱情若将浼焉。她只爱那没有人迹的深林，以猎取野兽为乐；她把独身与田野生活看得比爱情更重。她的金发，只用一根丝带束住，如万缕金泉似的松流在双肩上。许多男子要向她求婚，她一一地峻拒了；她怕讲爱情，怕与男子接近。她每每独憩于幽悄的树荫，再也不想到什么爱情，什么结婚，什么家庭之乐。她父亲珀涅俄斯常常对她说道：“女儿，你要为我寻一个女婿。”又道，“女儿，你要为我生一个外孙。”她只把爱情与结婚看成一种罪恶，一闻父亲提起这事，娇嫩可喜的双颊上便涨满了羞红，一双白臂搂着她父亲的颈，说道：“父亲呀，请你允许我以处女终身吧；狄爱娜的父亲也曾这样的允许过她。”珀涅俄斯不得已，便允许了她。然而她的美貌就是她的敌人，她的娇媚的身材不容许她完成她的志愿。阿波罗热烈地爱上了她，只想和她结婚。他得不到他所求的，也忘记了问问自己的预言能力；正如一带干燥的草篱，旅人的火炬不留意放得太近了，它便熊熊地延烧起来。如此的阿波罗的心中种下了火苗，天天将希望的煤炭送下去。他凝望着她的雪白的嫩颈被围在不经意梳理的散发里，说道：“这些美发要是梳理起来，更将如何的美好呢。”他凝望着她的双眼，觉得明星还没有那样光亮可爱；他凝望着她的樱唇，却感觉仅仅凝望未能满足。他赞美欣赏她的手指、手和白臂；他幻想她衣服里面的肌体更将如何的柔嫩可爱。他正在呆呆地出神幻想，她却比风还快地飞逃去了。他说了许多甜言蜜语要求她停步，她如塞了双耳似的仍然飞逃。

他说道："请你停步，珀涅俄斯河的仙女，我并不是像敌人似的追逐着你；可爱的仙女，请你停了步吧；羊在狼前飞逃，发抖的鹿在狮子前奔避，鸽子急鼓着颤抖抖的双翼要逃开鸷鹰的利爪；这些都因为惧怕他们的敌人之故。我跟着你却是为恋爱。唉，我怕你失足跌了一跤，又怕你经不起创伤的嫩足为荆棘所刺，又怕你因我跟在背后之故，受到苦厄。你所走的那条路怪崎岖不平的；我求你不要那么快地奔跑吧；你慢慢地跑，我也将慢慢地追。你想想看，这个喜欢你的人是谁。我不是山中的居民，我不是伺守牛羊的牧人。鲁莽的仙女呀，你不知道你逃避的是谁，才这样逃避的。我在许多地方为人民所崇奉，我的父亲是朱必特。我知道一切过去、现在、未来的事；我和着铿锵的琴声而歌唱。我的箭是每发必中的，但是，唉！他的箭比我的更利害，竟使我胸中受到从未受过的重伤。我发明了医药，世人崇拜我为医生之祖，我知道一切的药品。唉！只恨恋爱不能用药草医治：药草的力量使一切世人脱离苦境，独不能医治他们的主人！"

达佛涅仍然飞奔地逃避着，不顾他的絮絮叨叨的情话；他的话断断续续地到了她耳边便都死去了。她如今显得更可爱，大风将她的长衣飘飘地向后吹开，显露出她的肌肤来；微风将她的金发向后吹散，她的飞逃更增加了她的美态。少年的天神，不欲多费时间空言哀求，他的心为爱情所催迫，足步便加快了。正如一只猎狗在旷野中看见了一只白兔，没命地追过去，而她也没命地逃避着。一个是时时刻刻预备扑向前去捉住他的牺牲，伸开了爪牙，紧迫在她的足跟之后；一个是时时刻刻疑心已被捉住，仅在间不容发之时脱出了他的爪牙，正当他的口要触着她时，她却一惊跳复飞逝了。这便是天神追着，仙女逃着的情形。他为爱欲而追，她因恐惧而逃；但追者附上了恋爱的双翼，已将追上她了，不让她有透一口气的余裕。现在她听见他的足步紧跟在她的足后了；现在她感到他的温暖的呼吸已扇着她的散发了。仙女没有力气了，双腿软颤，脸色灰白，呼吸急喘得透不过来；她悲哀地眼望着珀涅俄斯河水说道："哦，父亲，帮助我！唉，大地，裂开了吞我进去吧！或者将我这个百忧之源的身体变了样子吧！"

她刚刚说完了祷语，她的骨节便硬化了；身体变成树干，头发变成树叶，双臂变成树枝，能奔善跑的足，如今固着在地，生出细根来了；她的头遮蔽在浓荫之中，遗存的只是她的美与洁净。她虽变了树，阿波罗还是喜爱着她。他用双手紧抱树干，觉得她的心仍在树干中卜卜地跳着。他的臂围抱着树枝，嘴唇连吻这株新树。她虽成了树，也似乎惊怯地退回，不愿受他的拥抱。他说道："你虽不能成为我的妻，我仍将宠你为我的树。我的发上，我的琴上，我的箭袋上将常常用你所变的桂树的枝叶缀饰着；你将成为胜利者的荣冠。我的头发是永久不落的，你的绿叶也将终年常青。"阿波罗戚戚地不言了，桂树似乎感谢地点动她的桠枝，表白她的喜悦。

玉簪花

许阿铿托斯（Hyacinthus）是阿波罗所爱的少年：他是斯巴达的王子，生得姣好如女子，甚为其父所爱，然爱之尤甚者却是阿波罗。阿波罗自见了许阿铿托斯，即萦绕于心，终日逗留在他身边，与他为伴，不肯离开；不再弹他的金琴，也不再挽他的银弓。他完全放弃了他的尊严与责任，镇日同着许阿铿托斯，或执着猎网，或牵着跃跃欲试的猎犬，或同在山脊上奔波；他们这样过了许多快乐的光阴。然而，有一天，阿波罗却不幸杀死了许阿铿托斯。许阿铿托斯学掷铁饼，阿波罗仍与他为伴。他们各脱了衣服，擦上橄榄油，彼此比赛谁掷得高。阿波罗的手法极准，力气极强，要使铁饼落在何处，总是百无一失。他们这样高高兴兴地练习着，玩笑着，笑声里充满了青春的锐气与快乐。一会儿，阿波罗执着铁饼，弯着美背，站稳双足，将手臂在空中划了几个圈子乘机将手一松，铁饼便溜溜地飞上天空，穿入云间，嗤嗤的有声。许阿铿托斯看得呆了。阿波罗笑道："这一次一定要它落在前

希腊罗马神话与传说中的爱情故事

面的那块岩边。"果然，铁饼如箭似的由云中落下，恰恰落在阿波罗所指的那个地方。于是彼此大笑，奔去拾起铁饼，再来抛掷。正在这个时候，西风由海上呼的一声经过这里，他见阿波罗和那个少年那么快乐地玩着，不禁妒火中烧，因为他也爱上了许阿铿托斯，许阿铿托斯却不肯注意到他，只爱着阿波罗一人，故而久已怀恨在心。现在却更触动了他的怒气。他们的笑声针似的刺入他的耳中，利刃似的刺入他的心中。他们愈快乐，他愈咬牙切齿地怨恨。他想快快地逃开了，不欲见这个使他伤心的快乐情景。然而想了一会，便又立定了，他立在云端，等候一个机会，要想报仇。恰好阿波罗又将铁饼抛入云中；他捉住了这个好机会，将铁饼落下的路线拨斜了，不落在阿波罗所指定的地方，却不歪不斜，正落在许阿铿托斯的头顶上。许阿铿托斯欲侧身躲避，已经来不及了。他倒在地上，鲜血流注不止，已经不能言语。阿波罗脸如死灰，跪在他身旁，察看他的伤痕。他时而想包扎起他的伤痕，时而想使他渐凉的身体复暖，时而想用绝好的药阻止他灵魂的飞逝。然而他的技术都没有用；他伤得太重，已非阿波罗所能为力的了。正如媚笑似的开放在名园中的紫罗兰或百合花一样，如果一个暴客将它们折断了，虽然未被采去，已经奄奄无生气地倒在干上，低垂着萎枯的头，不能再行直立，迎人而笑的了；许阿铿托斯的脸与颈也是如此，一点力气也没有，绵软地垂在肩上。阿波罗失望地叫道："你在青春正盛时逝去，在你的伤口里，我见到我自己的罪过了；你使我永远悲苦，永远自恨；我的手乃是杀你的手；我乃是使你致死的人。唉，我爱你，我和你嬉游着，这是我的罪过吗？

唉，我但愿能替你死去，或和你一同死去！但可怜我却是一个不朽的神，欲死而不可能！然而你将常和我在一处，你将永留在我的唇间。我的琴将为你弹奏，我的口将为你歌唱。我将使你成一种新的花，留着我永远悲苦的记号。"他正在这样悲戚地数说着，却听见头上有一个人发出快意的笑声；他仰头一看，看见西风正立在云端里望着他。他知道许阿铿托斯的死，是由于西风的捉弄，于是愤怒欲狂的由尸身旁站起来，奔去追捕西风，西风却狡笑地向前逃去了。阿波罗追了许多路，一壁挽起银弓，不断地向西风射箭；箭袋已经空了，西风还是一点也没有受伤。于是阿波罗只好颓丧地回到许阿铿托斯的尸旁。他看见许阿铿托斯的流在草地上的血已经不见了，在染着血迹的地方，生了一株美丽的花，形状像百合花而颜色如鲜血，在花瓣上印着 AIAI 的字形，那是悲苦的符号，这花后人名之为玉簪花，即以许阿铿托斯的名为花名。

希腊罗马神话与传说中的爱情故事

向日葵

阿波罗窥见了维纳斯和马耳斯（Mars）的奸情，便去报告维纳斯的丈夫瓦尔甘（Vulcan）。瓦尔甘悄悄地铸了一面铁网，当场捉住了他们俩。此事在天国传为笑谈。维纳斯因此怨恨阿波罗，竟使他也陷入恋爱的苦境。阿波罗每天驱了日车，光烛大地，如今他心中燃灼着一种新焰了；他的眼光不再如往常似的一视同仁，普照世界，只是凝注在鲁柯莎（Leucothoe）一人身上；有时他早早地就升起于东方，有时他迟迟地才下落于西海；因为他爱凝望他的鲁柯莎，便使冬日也长如夏天了。有时，他不见鲁柯莎，心里便戚戚如有所失，忧形于脸，而黑云便罩住了他；有时他的脸显得很惨白，这是恋爱的痛苦使他失了色。他如今只爱鲁柯莎一人，再也不顾他从前的爱人克吕提厄（Clytie）了。克吕提厄虽然为他所弃，却仍苦苦地缠着他，即使在他深思独念着别一个女郎时，她还是追求他的拥抱。

可爱的女郎鲁柯莎是仙女中最美貌的欧律诺墨

（Eurynome）所生的。她长大时，美貌尤胜母亲。她的父亲奥查莫斯（Orchamus）是波斯的国王。阿波罗驱车的马匹到了西方的牧场上，黑夜升上了天空时，他便悄悄地从天上到他爱者的闺房中，看见鲁柯莎坐在灯边，四周有十二个侍女围绕着，她的纤手执着小小的纺纱杆在不息地卷着纱线。阿波罗变成了她的母亲，在她红唇上吻了又吻。他说道："我有几句话对你说，侍女们且都退出房外。"她们听说就退出了，只有阿波罗同她留在闺房内。他对她说道："我是阿波罗，天天在空中走过的，相信我的话，仙女，你的美貌已经摄住我了。"她颤抖着，纺纱杆从手中落下，她心中十分害怕。阿波罗立刻现出原形。鲁柯莎虽然一惊，然而眼前光亮了，她所见的乃是美貌的日神阿波罗。她为他的英俊与可爱所动，便默默无言地任他拥抱着。

克吕提厄知道了这事，心里又妒又恨：她是全心爱着阿波罗的，阿波罗也曾热烈地爱过她，如今却弃了她去拥抱别一个女郎，于是不顾一切，气忿忿地径将这件事报告给鲁柯莎的父亲知道。父亲听了，狂怒如狮，要将鲁柯莎重罚，虽然她伸出双手向着日，声辩说是阿波罗用强力迫她的，也全然不听。于是她被残酷地活埋在土中，上面覆着无数的黄沙。阿波罗在天上见了这事，欲将她的头救出土外，然而美丽的仙女已经不能抬起头来了；她为重土所压，躺在那里奄奄无生气。阿波罗所受的痛楚，没有比这一次更深的。他竭力要用他日光的热力，把生活力重行注入她已凉的身体中；但运命反对他这个举动。于是他在她的尸体上沐以仙水，覆以仙花，溅以琼浆。他苦诉他的不幸，说道："我已决意使你得达天庭。"不久，尸体融化了，和着芬芳的琼浆俱渗入泥土之中；于是乳香的种子便植根于土中，生长起来，它的顶穿过黑土而伸出外面。

　　阿波罗自经此变，忧苦不已，愈无意于克吕提厄。不久他发现这次的事原是克吕提厄去报告的，便决意不再见她，与她断绝交往。她萦念不已，见他不再理会她，郁郁地便成了病；她不再和仙女们谈话欢笑，只坐在荒地上，日夜不动，头发披散着，不食不饮，单靠自己的眼泪与天上的清露润着枯喉。如此经过了七天，她不从地上立起；自清晨曙光第一次射出之时，她便凝眼对阿波罗望着，不再转脸他向；直到他驱了怒马沉入西海之下时，她还惘惘如有所失的向西凝望不已。据说，她的肢体固着于地，她的身体渐渐的融化了，变成了一棵向日葵。她虽然着根于地，不能移动，然而变成了花朵的脸仍旧向着她所爱的太阳，由晨至暮，跟了他由东至西的转着；她虽变为草木，她的爱情仍然存在，永远不灭。

恩底弥翁的美梦

　　夕阳西沉时，黄昏带了她的绝薄绝美的面纱幕罩了大地；这时狄爱娜照例由东方到了天空，在迈安德洛斯（Maeander）河旁徘徊着。她为这个地方幽隽的黄昏所沉醉，她想，她所曾到过的地方，再没有比这个幽谷更可爱的了。溪水柔声的歌唱着流过；岩石巉巉的高山耸出地面，在水中隐约地映出它的雄姿，山上满缀着绿树红花；葡萄藤攀缘上榆树，紫色晶莹的葡萄，在浓叶之中一串串地挂着，仿佛是一串串的小紫珠。于是狄爱娜询问经过这里的行人道："这是什么山呢？"他们告诉她说，这座山名为拉特摩斯（Latmos）。她在鬖鬖的高树之下走着，枝叶在黄昏的微光中颤抖着。她登了山巅，在朦胧的微明中，望着山下美丽的小谷。她觉得很惊奇，即在梦中，也不曾见过那么幽美的一个地方；而这样幽美的风景，衬托在黄昏的绝薄绝美的面纱之下，更显得隽妙无伦，有如绝世美人，在轻纱的帘幕后半露着娇姿。而在这个风景明秀的地方，她又见到了一个比山岩，比溪流更美

希腊罗马神话与传说中的爱情故事

丽的东西。这是小谷中央的一个湖，在夕阳余照中如一面明镜似的反射着银光。湖的四周环立着高树美荫，它们的长枝在湖水中娇媚地照着自己的影子，不忍离开。湖水成了固体似的平铺着，树叶如熟睡了似的凝定在枝头；半丝微风也没有，半只小鸟也不见飞过，只有大蜻蜓悄寂无声地在湖面优闲地飞着，又有几只白鹅半睡半醒地浮在银色的水面。在谷中风光最胜的一角，有一座白云石建筑的庙宇，其石柱在微光中如白雪似的闪闪发光；由庙前起，有无数白云石的步阶直通至湖边，在这条阶道上，两旁遍植宽叶的棕树，绿荫垂覆，如美人的白肩臂上披上了绿纱；道旁随地是各种的异花名草；苍古的青苔，绿色的长春藤，更点缀交缠于其间；白水仙投影于湖中，又有紫色的郁金香，浓色的风信子和娇媚的红玫瑰。但比较一切花草林木，一切山光水色更为美丽的，乃是一个少年，他躺在庙前的石阶上沉睡着。他的名字是恩底弥翁（Endymion）；他住在这个秀美的幽谷中，快乐地生活着，终年不见狂风暴雨，终年不见有黑云弥漫的时候。他在这个沉寂的黄昏时候，躺在那里睡着。狄爱娜初看时，还以为是一尊巧夺天工的石像，然而她不自禁地为他所引动，慢慢地向他走去。她一步步走近了，愈觉得他的美秀；黄金色的头发，覆在额前，双眼微阖着，雪白的股与足，富有姿态的伸屈着，他的左手握着几支标枪，恰像要滑出手去，而他的右臂则放在头下，因此，他的手就遮掩了他的秀脸的一部分。全身都是说不出的美俏。她踮着足尖，偷偷向他走近，生怕惊醒了他。她走得更近了，她立在他身边了，她弯下身去，借着较前更朦胧了的微光，看见他的双颊和嘴唇如涂了朱一般的红润，衬着一张嫩白的脸，这决不是最美的石像所能有的，而他的呼吸也柔匀而香甜地由鼻孔中透出。"这是一个活的人！"这样想着，她的处女心里不禁忐忑地急跳着，她的脸上起了一阵红潮。无论人或神，她都没有见过那么美貌的少年。她想由他身边走开，然而脚下软弱得不能走动一步。她紧闭了双眼，俯下身去，在他红唇上甜甜地接了一个吻，然后飞快地逃到了天空去，心头还是扑扑地跳个不停，脸上还染着羞红，久久不退。恩底弥翁这时正做着一个美梦，梦见一位风姿绝世的仙女在他唇上吻了一下，他刚要伸出双臂去抱她时，她已经翩若惊鸿地逝去了。他怅然地醒来，看见明月已经升在中天，宛若含情地向他投射银光，四顾静悄悄的并无一人，而湖水受了月光，反映着一塘的幽光。恩底弥翁轻柔地叹了一口气，知道这不过是一个梦，便又入睡了。第二天黄昏时候，恩底弥翁仍复睡在石阶上，狄爱娜仍复由东方走到了中天，不自禁的又走下来，在他唇上偷偷的接一个甜蜜的吻，随即羞涩地逃开了。恩底弥翁醒来，四顾不见一人，知道这又不过是一个梦，便轻柔地叹了一口气，翻了一个身，复阖上眼皮睡去，希望能在梦中再见到她。狄爱娜渐渐的向西方去了，而她的眼光还凝注在他的身上不移，直到东方渐露红色的曙光，告诉她女神厄洛斯（Eros）快来了，她方才回转了脸，羞涩地逃下西方去。

这样的一天一天地过去，恩底弥翁天天做着同样的美梦，而狄爱娜每天驱车经过天空时，总是走下车来，悄悄地吻了他一下而去。她不敢长久逗留在里，她怕天神们的嘲笑。然而，有一夜，小爱神执了火炬，肩着箭袋小弓，展着白翼，很快地在天空飞过，他的尖锐的眼光，正看见狄爱娜俯下身去，在恩底弥翁的唇上接吻，他便嗤的一笑，连忙跑去告诉他的母亲维纳斯。

第二天，维纳斯遇见了狄爱娜，娇媚地回眸对她一笑，她的脸上就不禁晕上一阵羞红。不久，天宫中的诸神，便都知道狄爱娜有了一个人间的情人了。狄爱娜因此也不再隐讳。有一天，维纳斯对她说道："凡人的美貌是不能永留的，他们都要因为工作而渐渐老丑的。"狄爱娜心里不禁忧闷着，想不出一个方法使恩底弥翁永保他的美貌。于是维纳斯微笑着："你听我的一个方法：假使他长眠不醒，他便不会老了。"狄爱娜恍然的展眉微笑了，她向她父亲朱必特要求叫恩底弥翁长眠。朱必特允许了她的要求。恩底弥翁自此永睡在拉特摩斯山，永做着他的美梦；而狄爱娜每夜来和他接一次甜蜜的吻。一阵晚风簌簌地吹过树叶，湖水粼粼地起了微波，白色的莲花俯下头来，在湖面自照它的美姿，这时恩底弥翁是在静睡着。太阳升起来了，阿波罗的怒马电迅雷轰地驰过天空，这时恩底弥翁还是在静睡着。大蜻蜓悠闲地飞过湖面，它不见美秀的恩底弥翁用他的明若秋水的眼光随了它而上下凝望；白鹅在湖中泛游，也不见恩底弥翁如往日似的坐在湖边草地，逗引着它们游戏，给它们以美食，它们不禁微微地各叹了一口气，宛若失去了它们的主人。而恩底弥翁却甜美地永睡着，一天一夜地过去，一月一年地过去；每到黄昏时，他便做一次美梦。湖水在那时似乎更明朗地反映着银光，清风似乎更柔和地吹过树间，它们也都生怕惊醒他的好梦。有人说，他到现在还睡在风光明媚的拉特摩斯山上。

乌鸦与柯绿妮丝

在许多时候之前，乌鸦的羽毛不是黑的，它曾有过雪白的羽毛，光闪闪的银一般的亮，如鸽子一样的俊美，如天鹅一样的讨人喜欢，却因为它多嘴，变成了现在的样子；它至今还是喋喋多言，在傍晚时哑哑地噪个不已，使人讨厌。如果有人问它为何会使它的白羽变黑了，它将很高兴的将下面的故事告诉你，假使它还会如从前那样的信口谈话。

它是阿波罗的伴侣。阿波罗爱上了一个美丽的仙女柯绿妮丝（Coronis），但他的鸟，乌鸦，却发见了她与别一个少年通好的事，它一刻也不能保守这个秘密，急急飞回去，要将这个秘密告诉它的主人。多言的小鸦见到了它，追在它后面，定要问它为何如此急急地奔波着，乌鸦告诉了它这事；它说道："你带了一个不被欢迎的消息去了。你且听我的因舌得祸的故事：

"你以为我从前也是现在这个样子吗？不，不是的。我因为忠实而得祸。从前，雅典娜（Athenc）将一个由地上生出的没有母亲的依丽契托尼斯（Erichthonius）放在一只篮中，将他交给库克罗普斯（Cyclopes）的三个女儿看管，却不使她们知道篮中放的是什么；不，且命令她们不准窥看她的秘密。我站在一株榆树上，隐藏在绿叶之中，察看她们做什么。两个女儿都谨守雅典娜的话，不敢打开篮子，但是第三个女儿亚格劳绿丝（Aglauros）却骂她们懦怯，她将篮子打开了。她们看见篮中有一个婴孩，一条龙躺在他身边。我将这个消息去报告女神，却受了她一顿斥责；不惟不夸奖我的忠心，反将我逐出了，而去宠爱那猫头鹰。我的受罚，应该悬为好多言的禽鸟之戒。我本不是一只鸟，我是一个公主，许多高贵的人都向我求婚；我的美貌成为我的不幸之因。有一天，我正在河边散步，尼普顿（Neptune）看见了我，立刻爱上了我；他见甘言诱引不动，便决定用强力。他追着，我逃着。我祷求神人的救护，却没有一个听见。恰好雅典娜知道了这事，便来救我。我伸出双手祷天，双手就成了光亮的黑毛，我的衣服也变成羽毛，在我身上生了根。我飞跑着，我的足也不像从前那么深陷入沙中了，我从地上飞起，飞入空中，成了雅典娜的忠伴。不料因为一点点小过便遭斥弃，却让犯了重罪而变成猫头鹰的妮克丁曼（Nyctimene）代替了我的位置。

"这样有名的故事，你难道不知道吗？妮克丁曼玷污了她分娩的床，她虽变了鸟，还自觉羞愧，所以避了日光，藏在暗处，被一切的禽鸟屏出于天空之外。"小鸦这样刺刺不休地说她的故事，乌鸦却不耐烦起来，怫然地站起来说道："你且说你的话吧，我不管你给我的坏兆头，现在要走了。"它便飞去了。它告诉阿波罗说，它看见一位少年在柯绿妮丝的怀抱中。阿波罗听见了他情人有外遇，桂冠便从他的头上落下。他的脸色灰白了，抛掷了他的金琴，狠凶凶地站了起来，忿忿地取了弓箭，将弓弯得满满的，向柯绿妮丝胸前射去，正中她的心；这白胸乃是他的胸常常贴着的。受伤的柯绿妮丝深叹了一口气，将箭杆由伤口拔出，她的双手满染着鲜红的血；她声息微弱地说道："唉，残酷的神呀，我是该死的，但为什么不让我的孩子出世了呢？现在两个人一同死去了。"她不能再说下去，便倒在地上晕过去了，她的身体渐渐的冰凉了。阿波罗见她死在地上，对她的旧情不觉又温热起来；他悔恨他的残酷手段，然而已经后悔太迟了。他憎怨自己，为何竟听信了乌鸦的话，使出这个手段；他憎怨报告恶耗使他发怒的乌鸦，他憎怨杀人的弓，他憎怨放箭的手，他憎怨那百发百中的羽箭。他俯跪在她身边，想用种种的方法救活她，然而一切方法都没有用。他看见火葬堆已经预备好了，她的身体已经放在堆上了。他悲惨地长叹着，他向她胸前倾倒香水，拥抱着她的尸体。火已经熊熊地延烧着了，他不欲他的孩子也一同烧死，连忙在火堆上从她的腹中救了出来，带他到卡戎（Chiron）那里，给他抚养。那个乌鸦本来希望因报告秘密而得奖的，自此反而不得再与白鸟为伍，它不能张口发言，只能哑哑地噪着永远讨人憎恶的啼声。

希腊罗马神话与传说中的爱情故事

爱神的爱

　　古时，居于西方的某王，娶了一位高贵的王后，生下三个丰姿绝世的女儿。三个女儿之中，第一第二个的身材容貌已是秀丽无伦，远胜世间所有的女郎，没有人不以为她们是值得一般人赞颂称美的，值得高临于其余平常女人之上的。然而第三个女儿的体态娉婷，神采眩目，却又远胜两位姊姊，简直不能用世间的言语来赞颂她，或用世间的美物来比拟她。因此，这位女郎的美名起初是喧传全城，全城的住民与旅客无不以一见颜色为荣，每天总是成百成千地拥挤着到她父亲的宫中去；他们惊诧赞颂她的不可比的美貌，竟至于崇拜她，尊敬她；竟至于用古时敬神的礼物来献给她，仿佛她便是美神维纳斯。继而她的美名传到了附近诸城市，他们都以为大海所生的美神维纳斯，要想对于素来崇敬她的人显示她的丰采与神力，故而降临到凡人之中来了；不然，便是大地——不是大海——受了新的感示，蓓蕾一般生长出一位新的维纳斯来了。这个见解一天天地根深蒂固，她的美名也如附着翅膀似的播扬到了邻近的诸岛，到了全个世界。无数的居住于远处的旅客，有的跋涉山川而来，有的漂洋过海而来，都要一见这位光彩眩目的处女。因此，一般人民对于美神维纳斯的敬礼便渐渐的疏忽了，竟至于没有人旅行到帕福斯（Paphos）城或尼杜斯（Cnidos）岛或库忒拉（Cythera）地方去瞻礼她的庙宇。她的饰物东零西落，她的庙宇黯然无色，她的枕与垫破旧了，她的祭礼被疏忽了，她的神像无人来加冕了，她的神坛也无人扫除，积满了从前焚化的祭物的灰尘。而这位女郎每天早晨第一次出外时，人民便献上礼物，预备大宴，称她为维纳斯（她当然不是维纳斯），且用最严肃的敬意献致鲜花与花环给她。

这样突然的变更了正当的敬礼，竟使美神维纳斯心里大大地动怒，她气愤愤地摇头自想道："我反而被全世界的人所舍弃了，一个凡间的女郎居然抢去了我的光荣。如果我能忍受看着凡人在大地上代表我的尊严，或让人喧传一个我的假冒的形体，那么，帕里斯也可以不必因我的绝代的美貌而将金苹果判给我了。但是她，这个掠夺了我的光荣的凡人，不久终于要后悔她的不法举动的。"于是她唤她的带翼的儿子丘比特来。丘比特是一个粗忽鲁莽的神，喜欢恶作剧，不顾一切正义与法律，他捎着火与箭两样武器，每晚一家一家地奔波着，毁坏每个人的正式婚好，除了为非作恶之外，不做别事。她带他到这位公主所住的城市,指点蒲赛克（Psyhe）——就是这位女郎的名字——给他看，气愤愤地把她生气的原因告诉他，说道："我的孩儿，我求你为你母亲报复这个虚伪不敬，危害你母亲的凡间女郎，我求你不要迟延，要使她与最可怜，最穷苦，最奸恶，世间无比的坏人发生恋爱。"她说完了这话，便抱了她的孩子吻着，自向海中去了。

在这个时候，蒲赛克虽然美名远播，为人人所崇敬，却得不到一点结果。她受一切人的惊叹，受一切人的赞美，但没有一个国王，一个王子，或一个比王族低下的少年曾动念要想娶她。每个人都眩诧于她的神样的秀美，仿佛见了最美的画像与雕像一般，没有人曾妄想要占领她。她的两位姊姊，虽然美名没有她那么显著，却各已嫁了个国王；只她孤孤独独地坐在家里，自伤她的寂寞的生活，心身都不安宁；对于全世界愉悦赞叹的自己的美貌，她惟有憎恨了。

这位不幸的女郎的父亲见她如此，疑心天上诸神妒忌她，便到一个名为米莱托斯（Miletus）的城里，向阿波罗求签；他祷告着，献上祭礼，为女儿求一个丈夫。阿波罗虽是一位希腊的神，却用拉丁诗来回答他；诗意如下：

> 把蒲赛克穿上了丧衣，
> 坐在前面高山的岩上；
> 她丈夫不是人间的种子，
> 乃是被毒视的可怕的蛇。
> 他展开双翼，飞过繁星的天空，
> 他迅速地飞着，降伏了一切的东西。
> 无所不知的天神们
> 在恋爱时也要服从他的权力。
> 黑色的河，死色的苦痛之洪流，
> 也是隶属于他的。

国王听了阿波罗的预言后，心里忧忧郁郁地回家，对他的妻诉说他的女儿的不幸的运命；于是他们悲哀着，哭泣着，有许多许多天沉浸在殷忧之中。渐渐的，蒲赛克的婚期逼近了；一切筹备都已就绪，黑色的火炬燃着了，欢乐的婚歌一变而为悲戚的号咷，和谐的迎亲曲终止于送丧的悲调；这位结婚的女郎用她的面纱拭她的眼泪，她的亲属和全城的人民都悲泣着；她必须依照神所指示，送到那个指定的地点。

当婚仪告毕时，他们把这位悲伤的新娘送去，不是送她到新房，却是进她到坟墓。当蒲赛克的父母哭得泪人似的伴送她走时，蒲赛克对他们道："何必在你们不快乐的年纪如此啼哭不已呢？何必苦恼你们的精神呢？这些灵魂乃是我的，胜于你们的。为什么以眼泪洗脸呢？为什么泪汪汪地望着我呢？为什么扯着你们的头发呢？为什么为了我而捶胸呢？现在，你们才看到我的绝世美貌的报酬了；现在，现在，你们才看到妒忌的疫症了，然而已经太晚了，当百姓们崇拜我，称我为新的维纳斯时，你们便应该哭泣，你们便应该悲伤，当做我已经死了。因为现在我已明白，我之所以到这地步，仅仅是为了维纳斯这名字之故，这个名字送我到了岩顶上；我渴想终结我的婚礼，我渴想见见我的丈夫。我为什么迟延呢？我为什么拒绝他这个指定毁灭全个世界的人呢？"

于是他们送她到高山上指定的岩石上，叫她坐在那里，便走开了。火炬和灯光俱为人民的眼泪浸灭了；各个人都回家去，可怜的父母却在漫漫的长夜中咀嚼着悲哀的味道。

可怜的蒲赛克独自留在岩巅，哭着，颤抖着；柔和的西风，把她的衣袂吹卷起来，慢慢地把她吹下岩头，带到下面

希腊罗马神话与传说中的爱情故事

的深谷中去，她便躺在一丛最芳香的花朵铺满了的草床上。

娇美的蒲赛克经过了激烈的悲苦，现在这样香甜地睡在柔和的草毡上，便沉沉入睡了。醒来时，她站起身来，心里觉得恬静安舒些。她看见一座幽峭的森林，林中的树木，大而苍老。她还看见一条淙淙的在森林中间流过的溪流，溪水如水晶般莹洁；靠近溪的下游，有一座王宫似的大厦，耸起在苍翠的林中，其建筑的弘伟，似非人工，乃由天力。你如果一踏进门，你便会想，这乃是天神们美好的住宅。屋顶是用象牙造的，支以金柱，墙上饰着白银，雕镂各种的兽类，似欲向进屋的人扑来。一切东西都是至精至美，至于可以诧异；若不是"半神"的工作，便是神自己的工作。地板全用宝石砌成，还雕镂上种种的图画，谁在这种地上步行，谁便是有福了。此外，屋内的每一部分，每一角隅都装饰得极天巧神工之妙，且因砌着宝石，饰着各种宝物之故，房间里阳台上与门口，都熠闪发光。这所大厦真像大神朱必特建造来给他自己住的天官。

于是蒲赛克愉悦地走近了，壮了胆蹀进屋去，看见每一件东西都十分喜爱。她看见建造精工的仓库，储藏着无数的宝物，所有人能想得到的东西，无不具备于此，但在这种贵重的宝库中，却不见有锁钥防守着，这真是更可惊奇的事。正当她高高兴兴地察看这些东西时，她听见了一个声音，却看不见人。这声音说道："夫人，你为何惊诧于这么丰富的宝物？你看，所有你看见的都随你应用。你或者要到房中在床上休息，或者要什么样的沐浴，我们，你听见声音的，乃是你的仆人，随你要什么，都会代你设置，同时还要为你预备精美的餐食。"

于是蒲赛克觉得异常的愉快，依照不可见的声音所指示，她先在床上休息了一会，然后到浴盆中洗浴。浴后，她看见桌上已摆满了美食精馔，且有一张椅子给她坐。

她一坐下，各种的酒馔便不断地送上，似乎是跟着一阵风来的；她看不见一个人，却能听见在各方面有说话的声音。菜肴上齐之后，有一个人进来歌唱，还有一个人弹琴和着，然而她都看不见他们。甜美的乐声送入她的耳中，虽然不见一个人，在她看来，似乎坐在稠人广座之中。

所有这些娱乐终结时，黑夜已经来临了，蒲赛克便去睡。她一躺在床上，香甜的睡眠便降到她身上。她一个处女，独自睡在这里，心里觉得很害怕；但随即有一个不得见面的丈夫来了，躺在她身边，他们结了婚。第二天太阳还没有出来时，他便离开她去了。

不久，她的不可见的仆人便来了，献上一位新嫁娘所必要的种种东西。如此的，她度过了好些时；她天天见到新奇的东西，心里益增快乐，特别是那歌乐之声，最能安慰她的寂寞。

蒲赛克正在她的快乐的所在，她的父母却终日悲伤流泪，她的两位姊姊听见了她的不幸的运命，也怀着深切的悲楚，来安慰她们的父母。

第二夜，蒲赛克的丈夫说道（她虽然看不见他，却可以觉到他的眼，他的手和他的耳朵）："啊，我的好情人，我的爱妻，你不久将要遇到大大的危险了，所以我要警告你千万小心；因为你的两位姊姊，以为你已经死了，十分的忧戚，

・ 37 ・

将依着你所走的路来到山上。如果听见了她们的哭声，你要注意，不要回答她们，也不要仰望她们；要是不听我的话，你便将累我深忧，而且你自己也将灭了。"蒲赛克听了，答应依从他所说的。

他走后，天色便明亮了。这一天里，蒲赛克悲泣终日。她想，现在是抛却了所有的慰安的希望了，她如被囚禁在一座牢狱之中，不得与人类谈话，要来帮助她的悲哭的姊姊们也须拒绝，不得一见她们的面。因此，她终日哭着，到了夜间，倒头便睡，也不吃饭，也不沐浴。

她丈夫来后，温柔地拥抱了她，说道："我的爱妻，你竟是这样的实践你的允诺吗？你竟终日终夜地哭泣着，即在你丈夫的臂间还不停吗？去吧，去做你所要做的事吧，去取得你自己的灭亡吧。到了那个时候，你一定会记起我的话，后悔不已，但已经太迟了。"

于是，她请求丈夫答应；她说，要是不许她见姊姊一面，和她们谈一会话，安慰安慰她们，那么还不如死了的好。所以最后，他只得答应了；他还说，她要给她们多少的珠宝都可以，但他还给她一个警告，说道："你要注意，不要给你的姊姊们的恶计所动，来设法看我的形体，否则，你这个好奇心将使你陷入无穷的苦境。"

蒲赛克十分的高兴，全心全意地谢他，说道："爱夫呀，我宁愿死，不愿离开你；不管你是什么样的人，我总是爱你，将你藏在我的心头，犹如你便是我自己的灵魂或丘比特他自己。但我还要求你一件事：请你吩咐你的仆人西风，把我两位姊姊也带到谷中来，像他上次带我来一样。"她向他甜蜜地吻着，温柔的嬲他答应她的要求，唤他为她的情人，她的甜心，她的快乐，她的安慰，因此他被逼的同意于她；当清晨来到时，他便走了。

蒲赛克的两位姊姊，经过了长久的寻找，便到了蒲赛克曾经坐在那里的山岩之上，高声的哭叫着，四山回应着。她们哭叫着她的名字，声音传到了她的耳中，她走前来，说道："你们看，你们为她而悲泣的妹妹在这里呢，我求你们不要再自苦了，止住你们的哭声吧！"她于是吩咐西风带她们下谷来。他柔和地把她们吹着，慢慢地放下在谷中。我不能表白出她们姊妹三个如何地拥抱，接吻，问候，这时，她们把一切的忧愁和眼泪都抛在一边了。蒲赛克说道："请进来，到屋里来，和你们的妹妹谈谈心。"她们进门后，她把宝库指点给她们看，她使她们听那些不见踪影的仆役的声音。她们洗完了澡，吃完了美馔之后，心里突然生了深切的妒忌之念，其中一个姊姊十分的好奇，便问她，她的丈夫是什么人，是一个什么样子的人，谁是如此珠宝充盈的一所大厦的主人。但蒲赛克记着她对于丈夫的允诺，造了一篇谎话，他是身材秀美的少年，有黄色的胡子，非常喜欢在山谷中打猎。她怕话说得太多了，未免要露出破绽，或将回答不出来，便连忙送了满抱的金银珠宝给她们，命令西风仍把她们送回。

她们经西风带回山巅，便自取道回自己的家；她们心里异常地妒忌蒲赛克，一个说道："请看，各人的运气真是不同。请看，我们同是一母所生，却各有不同的命。我们两个姊姊嫁给异邦的男人，女仆似的苦做着，我们的妹妹却享受那么丰富的财宝，得一个神为夫。妹妹，你且看看，在那屋里有多少的珠玉金银？要是她丈夫真如她所夸说的那么美好，她真是世上最快乐的人了。他也许会把她变成一位女神；她有声音为她服役，有风神听她指挥，但我呢，唉，我的丈夫却比我们的父亲年纪还老比孩子还柔弱，且终日把我锁在屋里。"

另一个姊姊说道："可不是！我的丈夫也是怪讨厌的丑物，他简直不当我是一个妻，而当我是一个女仆。你不看见蒲赛克如何的高傲吗，姊姊？她不愿意和我们多谈，她给我们一点珠宝，便命西风送了我们出来。我但愿能够劫夺了她的一切好福气！你如果同意，我们可以秘密地设一个计策。现在，我们且不要告诉父母说我们曾见过她，也不要使另外的人知道她比我们更快乐。"她们藏过了蒲赛克所给的珠宝，乔装着哭脸回到父母那里去。她们父母见了这副样子，更觉伤心，而她们却心里藏着毒计，各自回家去了。

晚上，蒲赛克的丈夫又警告她道："你不知危险快到了吗？要是你再不注意，不久便将受苦了。你的两位姊姊正设计要劝你看我的脸，但你如果有一次见到了我的脸，此后将永不能再看见了。这话我告诉你不止一次了。我想她们一定会再来的，她们来时，你要留心，不要和她们说话，尽让她们说她们的好了。如果你保守着我的秘密，你肚中的孩子将成一个神，如果你不，孩子便是一个凡人。"于是蒲赛克十分高兴，因为她将成一个母亲，生下孩子来了。不久，她丈夫又警告她道："现在你的两个姊姊已找出刀来要刺死你了。唉，亲爱的蒲赛克呀，我求你怜恤你自己，你丈夫，你腹中的孩子，不要去见你的凶恶的姊姊，也不要听她们的话！"蒲赛克听了这话，忧闷地叹道："爱夫呀，这许多时候，你已知道我能坚守你的话了。你的形貌我虽不能见，我姊姊的却不能不见见，以慰藉我自己。我恳求你允许我，给你爱妻蒲赛克以快乐吧。我真不欲见你的形貌，我也不顾夜与黑暗，因为你便是我的惟一的光明。"她丈夫为她的甜语，她的拥抱所动，用他的发拭去了她的清泪，不得已便答应了她。第二天，他照常走了之后，她的两个姊姊又来了。她们并不去见她们的父母，一到岩边，便鲁鲁莽莽地投身于岩下。西风听了神命，连忙把她们带到谷中。及到蒲赛克家里，一见她便拥抱着，用甘言恭维她，并谢她赠与的珠宝。她们又说道："爱妹呀，现在仍已不是一个孩子而是一个母亲了！孩子生在这样的房屋里，将如何的快乐呀！他必定是一个新的丘比特！"她们这样的用好言好语哄得蒲赛克渐渐倾向于她们。餐后，蒲赛克命令不可见的人们奏乐唱歌；然而恶妇们的心肠决不因温柔的乐声而转变。她们又问：她丈夫是谁，他的生身如何。她这时浑忘了前事，不知不觉地又说了一个新谎，说她丈夫是一个商人，一个中年人，他的胡子是灰白色的。她说完了这话，又给她们以满抱的珠宝，命令西风带她们回去。

她们现在很明白蒲赛克是说了谎，否则便是她从来不曾看见过她的丈夫；如果真的不曾见过她丈夫，那么他必定是一位天神，她腹中的儿子也必定是一位小神了；因此，她们的妒忌愈加在心里燃烧着。她们见过父母后，又到山上去，靠着西风的帮助，便安然地降到谷中。她们乔装了泣容，对蒲赛克说道："你还以为自己是快乐着呢，安然地坐在家里，一点也不知道死亡就将临近了。我们却为了你的事四处奔走着。我们怕你受了害；因为我们确切地听见人说，每夜和你同睡的乃是一条大毒蛇。前夜，猎人们还见他游过河。说不定哪一天，它要吞了你和你的孩子。所以你要自己选择一下：救出你自己，和你姊姊同住呢？还是仍和那条大蛇同居，静待它吞了你？我们完全为了姊妹的感情来警告你的。"于是这可怜的真朴的女主妇蒲赛克为这些恐怖的语言所动，心里惊惧着，完全忘记了她丈夫的话和她答应他的信约。她没身于悲苦的深渊中，形貌哀戚地对她们说道："谢谢你们的关切，我现在不能不实说了；我不曾见过丈夫的形貌，也不知他的来历，仅在夜间听到他的语声而已。我因他在白日终不现形，也颇疑心他是兽类。他还恐吓我，不让我想望见他的形貌。姊姊呀，你们要是有什么计策，请即刻告诉我吧！"她们于是直说出她们的心，教导她取一把利刀放在枕下，再预备好一盏油灯，藏在房里。当他熟睡了时，她便悄悄地起来，赤着足走去取灯，利刀执在右手，尽力砍去，割下这毒蛇的头。那时她们将帮助她。她们并说，他死了之后，她们将代她寻一个美貌的丈夫。她们授了毒计之后，生怕有危险，便让西风带上了岩巅，匆匆地各自归去。

蒲赛克一个人留在那里，心里如海涛似的不能宁定；忽而想实行她姊姊的计划，忽而又不欲；忽而勇敢，忽而又害怕；忽而不信，忽而又感动了；忽而憎恨那恶兽，忽而又爱她的丈夫；但最后黑夜来了，她预备好了所有的东西。

不久，她丈夫来了；他吻她，抱她，然后他熟睡了，蒲赛克本是怯弱的，这时却为恶运所支配，壮了胆，一手拿着灯，一手执着利刀。但当她执灯走到床边时，她所看见的却是兽类中最温柔最甜蜜的，他就是美丽的丘比特，酣适地睡在那里。便是灯光，见了他也似乎快乐得增加了辉煌；便是利刀，见了他也似乎羞惭得转过了刀尖。蒲赛克不意地见了如此光耀的一个丈夫，不禁惊怕，心里七上八下，脸色灰白，全身颤抖着，跪了下来，想藏过利刀。再一眼瞥见他的绝世的美貌，她的心又渐渐的定了。她看见他散放着香味的金发，他的颈比乳还白，他的双颊红润可爱，他的发秀美地覆在前后额，几使灯光为之失明，他的温柔的双翼叠在肩上，如照耀于日光中的鲜花；总之，他的一身，无处不光润柔美，真不愧是美神维纳斯的儿子。在床脚边放着他的弓，箭袋和箭，那便是这么伟大的一个天神的武器。蒲赛克带着惊诧的心情，从箭袋中抽出一支箭来，将自己刺伤，红血涓涓地流出，这是她自愿的在爱上又加爱。她燃烧着对于丘比特的爱，抱他，吻他，不止千遍。然而不幸！正当她愉悦欲狂之际，灯盏里却滴下一点滚热的油在这神的右肩上，谁知道它是由于妒忌呢，还是也想接触这个温柔无比的躯体。啊，鲁莽而勇敢的灯呀，你怎么敢去燃灼创造了你的全身是火的神呢？

丘比特被灼，一惊而醒，他见信誓与忠诚已被破坏，便一言不发地，从他最不幸的妻的眼光与双手中飞走了。但正当他升在空中之时，蒲赛克却伸手捉住了他的右腿，她紧紧地握着，随他飞行于空中。最后，她太疲倦了，不得不松了双手，落身于地。丘比特跟了她下来，在一株柏树的顶上小憩，愤怒地对她说道："唉，简朴的蒲赛克！你自己想想看，我怎样的不顾我母亲的命令，她是要我使你嫁给一个卑鄙龌龊的人的，而我却由天上爱上了你，用了自己的武器刺伤了自己的身体，赢得你为新妇。你以为我是兽类，至于使你执了利刀来砍下那么爱你的我的头颅吗？我不曾屡屡地警告过你吗？我不曾屡屡地用善言恳你留意吗？但这些恶人不久便将受罚，而你也将因我不在而受无量的苦。"他说毕，便飞到空中不见了。

蒲赛克倒身在地，悲切地哭着；只能用眼光来追逐飞行在空中的丈夫。到他已在她的视线之外，她便投身于溪流中；她已失了她的丈夫，她受不了这无量的悲痛。然而溪流却不让她沉溺。它怜悯她，把她带到了岸上的草地。

这时牧神潘（Pan）正坐在河边，抱了仙女厄科（Echo）在教她唱歌吹笛，羊群在他们旁边吃草。他瞥见了没入殷忧中的蒲赛克，便明白了她悲苦的原因，安慰她说道："呵，美丽的女郎！我虽是一个乡野的牧人，然而年老多阅历，我从你的容貌上，知道你沉溺在恋爱中。你听我说，你不要自杀，也不要尽是哭，你还是崇拜大神丘比特，用你的虔心把他赢过来。"她不说一句话，却敬重他如神，然后离开了。

蒲赛克走了不久，却碰巧到了她的一位姊姊住的城里，彼此见面之后，她姊姊问她到此之故。蒲赛克答道："你不是教我杀了我的丈夫吗？当我执了灯去看他时，原来他是维纳斯的儿子丘比特，于是我十二分的欢跃，要去拥抱他。不料，灯油一滴偶落在他的臂上，使他醒了；他说：'你怎么胆敢铸了这样一个大错？离开我，带了随身的衣饰！我要你的姊姊——他说的是你——为妻，她会听从我的话。'于是他便命西风吹送我上山岩了。"

蒲赛克还不曾说完，她姊姊已经飞奔回家，骗她丈夫说，她听见她父母死了，便上了船，到了山上。这时，吹动着的是一阵逆风，她却不顾一切，叫道："呵，丘比特，取了我夫！你，西风，快带领你的主妇！"她从山巅直跳下去，便摔死在岩石上，肢体离散，为禽兽所食，正如她所应受的。

第二个姊姊的报酬也立刻便到了。蒲赛克碰巧又到了她第二个姊姊住的地方，告诉她同样的话，她也同样地奔到了岩上，便得到同样的死。然后蒲赛克在各处漫游着，寻求她的丈夫丘比特。但他这时却在他母亲的房里，正因被灯油灼伤了，痛楚地呻吟着。

在水面上浮游着的白色的鸥鸟，这时飞到大河中，维纳斯正在沐浴，便告诉她，她的儿子被火灼伤得快要死了；又说，每个人的嘴里都说着维纳斯一家的坏话。维纳斯听了，忍不住叫道："怎么！我的儿子有了爱人吗？好鸟，你是忠心于我的，我要你告诉我她是什么样的女郎，她的名字是什么，我的儿子怎么会受到这种苦楚？她是水仙中的一个吗？是女神中的一个吗？是九个穆斯（Muses）中的一个吗？是我的格丽斯（Graces）中的一个吗？"鸥鸟答道："太太，我不知道她是什么样的女郎，但是知道她的名字叫蒲赛克。"维纳斯憎恨地叫道："是她吗？是假冒我名的吗？他还以我为牵线者，竟指引他认识那个女郎吗？"她立刻回到自己家中，进了房间，看见她儿子正受了重伤，躺在那里呻吟着，她便叫道："你做得好事！你不辱没了你的双亲吗？你居然不顾你母亲的命令么？我命令你使我的仇敌与世上绝恶的人发生恋爱，你却荐了你自己。你竟把我的最恨的敌人拥抱着，抚爱着，而使我做她的婆婆，她做我的媳妇！不，我决忘不了报仇。我

希腊罗马神话与传说中的爱情故事

将求苏白里特（Sobriety）帮忙，他会好好地教训你一顿，他会拿开你的箭袋，夺去你的箭，折断你的弓，熄灭你的火，还给你一顿好打；我更要割去你黄金似的头发，剪去你的双翼；那时，我才算甘心！"她说毕，带着盛怒出了房门。

约诺和刻瑞斯（Ceres）见了她，便问她为何愤怒。维纳斯说道："我求你们替我寻到那名叫蒲赛克的女郎。大约你们不会不知道我儿子丘比特的事吧。"于是她们安慰她道："你儿子怎样冒犯了你，竟使你诅咒他，责备他的恋爱呢？你何必定要置他所爱的女郎于死地呢？我求你饶恕了他的过失。你不知道他已是一个少年人了吗？你难道忘记了他的年纪吗？你还以为他是一个孩子吗？你到处散播恋爱的种子，难道在你自己的门内，反而禁止恋爱吗？"

这两位女神竭力想平息她的怒气，要她饶恕了丘比特；虽然他不在眼前，她们可真怕他的情箭。但维纳斯不为所动，离开了她们，匆匆地又到海上去了。

这时，蒲赛克正到处奔波，寻求她丈夫。她想，他要是不为她的温言蜜语所动，也必将怜恤她的坚忍的祈求的。她见高山顶上有一所庙宇，想道："也许我丈夫在这庙内吧！"她艰苦地上了山，进了庙；庙内谷穗堆积如山，百物杂乱无序，她一一把它们整理就绪。刻瑞斯进了她的庙，一见蒲赛克便叫道："可怜的蒲赛克，维纳斯正到处找你，要给你吃大苦呢。"蒲赛克跪在她面前，眼泪沾湿了她的足，头发扫拂着地上，向她哭求道："伟大光荣的女神，我求你可怜你的仆人，蒲赛克愿在谷堆中躲藏几天，静候维纳斯怒气平息。"刻瑞斯说道："我很可怜你，满心要帮助你，但我如要藏你在此，恐将使维纳斯不悦；你且离开这里吧，不要怪我不肯留你。"

蒲赛克不得已，离开了庙门，心中煎沸着忧苦。她见远处森林中也有一座大庙，她进了庙，知道这是女神之主约诺的庙，建筑得异常宏伟。她跪了下来，双手抱着祭坛，祷求她的救助。约诺显现在她面前，对她说道："我乐意帮助你；但我爱我的媳妇维纳斯如己子，实在不便和她顶撞。"

蒲赛克又被约诺送出了庙门。她断绝了复见丈夫的希望，自念道："我的祷求，总不得女神们的允诺，我将怎么办呢？我将到哪里去呢？我将在什么深洞暗地里躲过维纳斯的愤怒呢？我为何不壮了胆，在她面前自首呢？我不知丈夫是否在他母亲家里呢？"可怜的蒲赛克心里游移不决，想投入危地，设法哀恳维纳斯回心转意。

维纳斯在河上陆上遍觅蒲赛克不见，便命仆人们预备好她的车，她要上天去。这车是她丈夫瓦尔甘结婚时赠她的，灿烂辉煌，远非金镂银镶的东西可比。四只白鸽引导着车。当她坐进车内时，一群小雀在四周喜悦地啾唧着；各种的禽鸟也都甜美地啭歌着，表示这位伟大女神的来到。云片退让开了，天门开了，欢欢喜喜地迎接她进去；鸟类飞跟在她车后，不复怕鸷禽的猎掠。她进了朱必特的神宫，向他要求借麦考莱（Mercury）一用。朱必特允许了。她很喜悦地和麦考莱一同由天降落，对他说道："我的兄弟，你一定知道我没有你便办不了事，而且也一定知道我久觅一个女郎蒲赛克不见。现在，请你为我传命各处去寻找她。"麦考莱立刻将这消息传布到全世界，说道，谁能知道维纳斯的仆人蒲赛克的踪迹的，请即报告麦考莱，便将得到维纳斯的报酬。世人得到这个消

希腊罗马神话与传说中的爱情故事

息之后，每个人都想找出蒲赛克去献功。

这使蒲赛克更决心去自首。她快走近维纳斯门口时，被她的一个仆人"习惯"看见了，高叫道："你现在才知道有一位主人在上了。你难道不知道我们找得你好苦吗？如今你居然来到我的手里，地狱就在你面前了。"于是她握住她的头发，拖进去见女神维纳斯。

维纳斯见了她，如一般怒极了的人似的，反而笑了，捉着她耳朵说道："呵，女神，女神！你终于来见你的婆婆了，不然，便是要来见见被你灼烫得半死的丈夫。我的侍女'忧愁'和'悲郁'何在？"她们应声而至，带了蒲赛克去，给她一顿好打；打毕，又带她见维纳斯。她又笑着说道："她以为我见了她的大腹会怜恤她呢；她将使我成一位祖母。在我的年纪便成祖母，我不快乐吗？不，我不应称他为子孙，因为这婚姻是不相配的，又没有媒证，又未得父母允许，所以这婚姻是不合法的，所生的孩子——如果我让她生下孩子再死——也只是一个私生子。"她愈说愈怒，跳下座来，握住了蒲赛克的美发，着实地虐待她一顿。然后她取出麦，米，豆等的粉来，混合在一堆，说道："你似乎除了勤苦力作之外，没有别的方法得见你的情人，所以我要看着你究竟能做些什么；你把这些杂粉一一分别出来，各置一处，在傍晚一定要做好。"她说毕便去赴宴了。

但蒲赛克呆坐在那里，不言不动，她知道分别这杂粉是不可能的事。于是小蚁依蒙特怜恤她的境遇，到处地奔波着，把全国的蚂蚁都号召到它面前来，说道："朋友们，我求你们可怜这位丘比特的妻，努力帮助她。"无数的蚁便川流不息地把杂粉分开了，等到毕事，它们便匆匆地散开了。

夜间，维纳斯回来了，她吃得双颊红红的，香气喷人，头戴玫瑰花冠，见蒲赛克已将她所吩咐的难事做好，便道："这不是你的劳力所做的。"说着，给蒲赛克一片面包充饥，便去睡了。

这时，丘比特被禁闭在屋内最深秘最坚固的房中，半因不准他浪游自害，半因不许他和情人说话；这两个情人虽同在一所屋里，却彼此间隔，各不相闻。

第二天，维纳斯命蒲赛克走来，说道："你看见前面河边一座大森林吗？在森林中有一群大羊，毛色如金，无人看管；你到那边去，把这些金羊的毛剪些带回家。"蒲赛克心甘愿意地去了；并不是要奉命去办这件事，却要投河自尽，以免受无穷的苦。绿色的苇草，受了神灵的感示，和谐而轻柔地说道："呵，蒲赛克！我求你不要死在我的水中。然而你要留心，不要在太阳的热气未散之前走过对岸，走近这可怕的羊群；因为在阳光猛烈时，它们非常凶狠，双角如刀，头额如石，人走近去是极危险的。但过了正午，热力消减，它们到河边饮水之后，你可以藏身在我的旁边，这株大树之下；等到它们怒气一过去，你可在森林旁丛莽中收集它们的金毛，这些金毛都挂在荆棘之上。"苇草这样说着，指示蒲赛克一条生路。她一一遵行，果然收集了金羊毛回来。维纳斯仍不满意，说道："我知道这一定不是你的力量，但我还要试试你的勇气和智力。"

于是她又对蒲赛克说道："你看见前面的山峰吗？从这峰巅流下一股死黑色的泉水，这水乃是史特克斯（Styx）和科库托斯（Cocytus）的来源。我要你到那边去，把那种水带一瓶来给我。"于是她给她一个水晶瓶子。

可怜的蒲赛克匆匆地到了山巅，与其说去取水，不如说去送命。她站在山脊，看见从一块大岩石冲出一股怖人的泉水，这水直流下谷中去；水的两边有许多大龙，伸出它们的长的血颈，永不睡眠，在此看守这泉水。她觉得这水是决取不来的，便是河水也似乎在那里说道："走开，走开，你要做什么？快逃，快逃，不然你便要被害！"蒲赛克知这事是不可能的，便呆立在那里，仿佛已变成了石块；虽然她身体还在，她的精神与知觉都已丧失了；前面便是死亡，哭泣也安慰不了她；她这次真是陷入危境了。

但大神朱必特的神鹰记起了从前做的事，就是它受了丘比特的鞭策，带了美少年伽倪墨得（Canymede）到天上，充当朱必特的执杯者的事；这时，也想对于丘比特的妻做同样的事，便由天上飞落，对蒲赛克说道："你想汲取这可怕的水吗？不，不，你永不能走近水边的，便是天神们，见了这水也要害怕。但你可把那瓶子给我。"它把瓶取去，汲满了水，飞过那些恶龙的头上，带给了蒲赛克。她这一喜真是出于意外，她高高兴兴地将水献给维纳斯。维纳斯见难不倒蒲赛克，益觉恚怒，说道："怎么！你真像是一个巫妇，居然汲了这水来！但我还要你做一件事：捧了这个盒子，到地狱里去见王后柏绿赛比娜（Proserpina），请她把她的美容给我一点，约够我一天之用的；你说，这些美容是从我儿子病后失去的，你要快去快来，因为我等着要梳妆赴神们的剧场里去。"蒲赛克知道她的终局到了；她想，她一定不得归来，因为这次是到地狱中去。所以，她并不迟延地上了一个高塔，便想投身塔下，因为这是一条到地狱去的路。但高塔受了神感，忽发声对她说道："可怜的女郎，你为何要自杀呢？你要晓得，如果你的灵魂一离开你的肉体，你便将真的到地狱里去，永不能回来了；所以你得听我说。一座希腊城名为拉刻代蒙（Lacedemon）的离此不远。你到了那里，便访问达那洛斯（Taenarus）山。在这山上，有一个穴，可通地府，直达地府之王普路同（Pluto）的宫中；但你要注意，千万不要空手到这个黑暗之区。你两手各执一个蜜和麦粉做的饼，口中衔了两文钱；你走了一段路之后，将见一匹跛足的驴，背着木头走，一个跛足的人驱着它。他将求你代他拾起落在地上的行杖，你不要理会他，走你的路；以后，你便到阴河，看见渡夫察龙（Charon），他要先付钱后渡人。你给他一文钱，他便渡你过去。你坐在船上时，将见一个老人溺在水中，伸手求救，你也不要顾他。过河之后，你将见几个老妇人在纺织，她们必将求你帮忙，但你也不要理会她们，因为这些陷阱都是维纳斯设以待你，要你落去一个甜饼的。你不要以为甜饼是不足轻重的东西，如果失落了一个，你便永不得回到这个世界上来了。然后，你将见一只一身三头的大狗，躲在柏绿赛比娜门口，对人狂吠。如果你给它一个饼吃，它将让你安然地到柏绿赛比娜那里去。她见了你，将给你好酒好肉，你却只能坐在地上，求些黄面包吃，然后对她说明你的来意。当你接受了她给你的美容时，便动身回来，再将一个饼饲那三首的狗，然后，又将口中衔的一文钱给了察龙，仍循原路而回。但除此之外，更要注意的是：不要开盒去看，也不要

希腊罗马神话与传说中的爱情故事

太好奇了，想知道‘神的美容’的宝藏。"

　　她听高塔说完了，立刻取了两文钱，两个饼，到了达那洛斯山向地狱走去了。一切都如高塔所指示的做去，最后便到了柏绿赛比娜的房里。蒲赛克在那里不敢坐好椅子，也不敢用好酒菜，她只跪在柏绿赛比娜的足边，吃粗恶的面包，并对她说明来意。在她交给她装好了一个神秘东西的盒子后，她便告辞，更以剩下的饼和钱，买了路回到人间。

　　当蒲赛克由地狱来到光明的人世时，她心里骚动着一个不可息的愿望，她说道："我明知道这盒里装的是神们的美容，却不取些来涂在脸上以悦我爱，这不是一个愚人么？"她便揭开了盒盖。在盒里既不见美容，也没有他物，只有一个死似的"睡眠"；这"睡眠"一被放出盒外，立刻侵入她的四肢百骸，她便一无知觉地倒在地上沉沉的睡去，如一具尸体。

　　但丘比特现在已治愈了他的伤痕，再也忍不住不见蒲赛克的面了，便偷偷的由被禁的房子的窗中跳出，展开煊美无伦的双翼，向他的爱妻那里飞去。当他寻见了她躺在地上沉睡着时，便从她脸上拂逐去了"睡眠"，仍将它放进盒内，用他的一支箭尖触醒了她，说道："呵，你看，你又要因为过度的好奇心使你自己邻于灭亡了；好，你且去回复我母亲的命，我则去预备好一切要办的事。"于是他飞到天空去，蒲赛克则把取得的东西带给维纳斯。

　　丘比特全心爱着蒲赛克，怕他母亲不答应，便直到天庭，向朱必特控诉此事。朱必特拥抱了他之后，对他说道："呵，我的爱儿，纵然你不大敬重我，常把箭刺我的心胸，然而我将如你所愿地答应你。你要记住我对于你的这一次好处，将来你看见人世有绝代美人时，须要把她的爱给与我。"他说了这话后，便命麦考莱召集群神赴会，不准有一个不到。于是诸神陆续地来了，挤满了天上的剧园。朱必特便开言道："你们诸神，你们都认识这个少年丘比特。他应该结婚了。他选中了一位所爱的女郎，且已和她同居了一些时，现在让他随他的心愿娶了她。"然后，他又回头对维纳斯说道："你，我的女儿，不要再生气，也不要怕这场婚姻辱没了你的门庭，我觉得这婚事是再合法没有的。"

以后，朱必特便命麦考莱带了蒲赛克到天上来；这位爱神的爱妻便第一次踏到天庭。于是他倾了一杯不朽的酒，说道："蒲赛克，你且喝下这酒，你也将成为不朽的了；丘比特将永为你的夫。"

盛大的宴会和婚席不久便预备好，丘比特和他的爱妻一同坐下，手臂互挽着。约诺也是这样傍朱必特而坐，其余诸神也都按次入座。伽倪墨得为朱必特斟酒，巴克科斯（Bacchus）则为其余的神斟酒。他们喝的是琼浆，神们的酒。瓦尔甘预备晚餐，"时间"则用玫瑰和别的鲜花装璜仙殿，格丽斯们四处播散芳香，穆斯们甜蜜地歌唱着，阿波罗奏着悦耳的琴，维纳斯袅娜地舞着，萨蒂尔和潘则朗吹着笛子。如此的，蒲赛克嫁给了丘比特，不久，她生了一个儿子，他的名字便是"快乐"。

巨人的爱

　　史克啦（Scylla）不耐男子们的缠扰，避到海中仙女们那里去住。仙女们很喜欢她；她爱把男子们向她求婚不遂的事告诉她们，以为笑乐。有一次，她解松了仙女伽拉忒亚（Galatea）的金发替她梳妆，那时伽拉忒亚叹了一口长气，向她说道："女郎，你是被和善的凡人们所追求的，所以你能够骄贵的拒却他们，一点也不用担心什么。而我虽然住在海中，却因为拒绝了库克罗普斯的求爱而得到了悲惨的结局。"她眼泪湿了双颊，呜咽地哭了，再也说不下去。史克啦用凝脂一般的手指替她揩去了眼泪，安慰了许久，然后对她说道："告诉我，最亲爱的人儿，你不要将你悲苦的原因瞒住我。"于是仙女告诉她道：

　　"亚克斯（Acis）是法纳斯（Faunus）和一个西马西安（Symaethian）仙女的儿子，他的父母异常钟爱他，而我爱他比他的父母尤甚；他也全心全意地爱着我。他容貌秀美，十六岁时就有柔软的胡子长在他的红润的双颊上。我爱着他，但是库克罗普斯却不休不止地苦缠着我。如果你问我：我憎恶库克罗普斯甚些呢，还是爱恋亚克斯甚些？我将不能回答，因为我恨库克罗普斯与爱亚克斯的程度是相等的；愈爱亚克斯便愈恨库克罗普斯。唉，维纳斯母亲，你的魔力真是伟人呀！看呀，那个野蛮的东西，森林见了他也要害怕，凡人们见了他便难逃性命。他不敬俄林波斯（Olympus）山上的神，但是他感觉到恋爱的力量，心中灼着大欲，浑忘了他的羊群与山洞。如今，他，这个叫波里菲莫斯（Polyphemus）的库克罗普斯，也知道注意修饰他的外表，想望求悦于人了；他知道用梳子理好他的蓬松的乱发，他知道剃去他的粗硬的黑须，也知道到一个清莹的池边，映照他自己的粗笨的身体。他的好杀的野性驯服了，他的粗暴的不可遏止的求血的心消失了；因此，船只来来去去就没有了危险。这时候，深通鸟语的特里莫斯（Telemus）到了这个岛上，向波里菲莫斯说道：'你那生在额中央的独眼，将来要被优里赛斯（Ulysses）取去。'他诡笑道：'呵，最糊涂的先知，你错了；另有一个人早已将它取去了。'他这样的讥笑警告他的人，镇日在海边沉重的独步，直到倦了方才回洞。这个可怕的库克罗普斯踞坐在一个危岩的中央，他的白毛鬖鬖的羊群跟着他；一根当做行杖用的松树干，足以作船桅用的，放在他的足边；他吹起千根苇草做成的笛子，全座山峰都感到他的粗豪的笛声，连海波也感到了。我藏在一块岩石下，憩息在我的亚克斯的臂间，离得他很远地听着他唱，至今还没有忘记他的话：

"'呵，伽拉忒亚，你比如雪的女贞花瓣还洁白，你比绿场上的花朵还美丽，你比赤树还挺秀，你比水晶还莹隽，你

希腊罗马神话与传说中的爱情故事

比稚子还天真，你比被拍跳着的海波所啮的贝壳还光滑，你比冬天的太阳，夏天的凉荫还受欢迎，你比果园中的果实还美好，你比高大的枫树还娇媚有致，你比冰块还光洁，你比熟透的葡萄还甜蜜，你比天鹅的绒毛还柔软；呵，如果你不逃避开我，你要比雨露无缺的花园更灿烂可爱了。

"'然而你，你这同一的伽拉忒亚，你却比野性难驯的小公牛还固执，你却比年代已老的橡树还坚硬，你却比流水还无情，你却比柳枝和葡萄藤还柔韧难折，你却比这些岩石还难感动，你却比川水还汹涌，你却比骄贵的孔雀还骄贵，你却比火还酷，比荆棘还尖利，你却比携着小熊的母熊还野蛮，你却比海水还耳聋，你却比长蛇还没有怜恤心；并且，你逃得比在猎犬之前飞奔着的鹿还快，不，简直比飞逃而去的风还快，这乃是最需要由你身上除去的！不过，你如果知道我清楚些，你便将后悔你的避开我了；你便将责备自己的迟误而反来求我了。我有全座青山是我的田地，我有许多岩中的深洞，在那里夏不觉热，冬不感冷；我有重得把树枝弯了转来的苹果，有黄如纯金的葡萄，也有紫色晶莹的葡萄；这一切东西我都奉献给你。你将用你自己的手去采摘生在林荫的甜美的樱桃，更有梅子，多汁而色红黑，还有大而黄的一种，黄得如同新蜡；还有栗子也是你的。你如果嫁了我，你可以随心所欲去采摘每棵树上的东西。

"'所有这许多羊群也都是我的；还有许多在森林中山谷中游散，另有一部分则关在羊圈中。要是你问我到底有多少只，我实在回答不来；一只一只来把羊计数，那是穷人做的事。你不必听我称美它们，在这里你可以亲眼看见，它们的乳房都沉重得几乎步履艰难。我更有羊在暖圈中，还有稚羊在别的圈中。雪白的乳汁终年不怕缺乏；这些乳汁，一半留着饮用，一半做成乳酪。

"'你要玩的，穿的，什么都有。我曾在山巅寻到两只黑毛鬖鬖的小熊，留着给你玩；这两只小熊长得一模一样，将使你分别不出。我找到它们时，说道，我将把它们留着给我的妻玩！

"'现在，伽拉忒亚，请你把你的美丽的头由绿波中伸出。来，来，不要拒却我的赠品。我很知道我自己；新近我在一池清水里照见自己的容貌，很自喜欢。你看，我多么壮伟！住在天上的朱必特也不会比我更大；因为大家喜欢谈到什么朱必特及其他的天神，所以把他来比。浓发覆在我的脸上，披在我的肩上，如一所林地。我的全身生着浓毛，但你不要以此为丑。树没有叶子便变成丑，马没有鬃毛也便变成丑；鸟有羽毛，羊也有美而厚的羊毛；人也有发和胡须长在头上。这是真的，我只有一只眼睛，生在前额中央，但这只眼珠有一面盾那么大，那有什么关系？伟大的太阳不是从天空中能一一看见大地上的万物的吗？太阳也只有一只眼睛。

"'并且，我的父亲是众水之王；我娶了你，他便是你的公公。请你可怜我，听我卑下的祷求；我只对你一个人躬身；我不怕朱必特和他的无所不能击穿的雷霆，我只怕你一个人。呵，仙女，你的嗔怒比电光更易致人于死命！如果你独身不偶，逃避一切求婚者，我还勉强可以忍受你的傲慢，但是，为什么你拒绝了库克罗普斯，却又爱上了亚克斯？为什么你喜爱亚克斯的手臂比我甚些？他也许会取悦于你，伽拉忒亚；

唉，不，我但愿他不能取悦于你！只要让我有机会遇到他，那时，他将领略到我的力量是和我的壮伟相称的。我将活活地撕碎他，把他一肢一腿地抛在你的水上；那时他将和你在一处了！唉，我发怒了，我的燃沸的热情冰结了，我的怒气更猛烈地在心中焚烧了；而你，伽拉忒亚，还是一点也不注意！'

"他这样絮絮叨叨地说了许多废话，站起身来——我看清他的一举一动——正如一只公牛见母牛被人牵去了而愤怒一般，不能安静地立定，却在森林中牧场上乱走。于是，这个可怕的巨人看见我和亚克斯了；我们没有想到，也不曾提防到这样的一个运命。他叫道：'我看见你们了，我将使你们这一对的爱情就此终结！'他的声音又宏大又粗暴，山头都为之震撼。我心里惊怕，立刻钻入邻近的海中。我的亚克斯也就转身而逃，一面叫道：'唉，救我，伽拉忒亚，我求你！救我，我的父母，我如今要死了！求你们把我带到你们国里去！'库克罗普斯在他后面追赶，拾起一块岩石向他投去；虽不过是一块小岩石，已将他全身都埋在岩下了。我叫亚克斯显出他祖先的能力来；红血由岩下流出，过了一会，它的红色褪去了，成为水色；水不绝地流，成了一股河流，即用他的名为名。突然间，一个少年立在水中，水齐他的腰，他的头上生着双角，除了身体比前伟大，脸色变了深蓝之外，活是一个亚克斯；他变成一个河神了。"

伽拉忒亚说完了她的伤心事，泪落不止；后来，仙女们各向深海中游泳而去。史克娅不敢到深海去，便回到岸上来。

史克娅与喀耳刻

史克娅不敢游至深海，转身回到岸上；这时她全身不穿衣服，在沙滩上走着，走得倦了，便去寻一个清池，在一片绝没危险的水中沐浴。格劳科斯（Glaucus）在海面上吹着他的响螺；他的形体还是新近在欧玻亚（Euboea）的安特顿（Anthedon）附近变化的。他一看见了这位女郎，立刻爱上了；但是她见了他便飞奔而逃。他说了许许多多的话，恳求她不要逃。她只是不敢回头，也不敢稍一停步，她的脚步因恐惧而迅快了。结果她跑到了临近海边的一个山巅；这座山极大，雄峰独峙，耸出海上。史克娅这才停了步，她现在的地位保护了她；她不知他究竟是一个巨怪还是一个神，诧异地回看他的颜色，他的覆盖着肩背的头发，以及他腰以下变成了鱼形的样子。他靠在一块岩石上，向她说道："女郎，我不是一个巨怪或野兽，我是一位海神；无论柏洛托斯（Proteus），特力顿（Triton），帕莱蒙（Palaemon），他们的权力都不比我大。我从前原是一个凡人，但那时一心只希求着海，我的一生都消耗在海上；我有时向海里投网，捉起一网的鱼，有时坐在孤岩上，垂竿而钓。有一个绿草芊芊的海岸，一面环绕着海波，一面满生着细草，这个地方，牛羊足迹所不至，蜜蜂也不曾到过这里采蜜；这里的花不曾被采去编织头上戴的花冠，手镯玎玎的白手也从不曾触过这里的草。我是第一个到这孤峭的所在来的，我在这里晒干我的竿丝，在海岸上铺了一地的色。计算这些的鱼，有的是我的网所捕获，有的因贪饵而亡身。这些话似乎是一片废话，但我欺骗你有什么好处呢？我的鱼放在地上一咬嚼绿草之后，便又活动起来；它们都翻转身体，在陆地上游行，如在海中一样。我正在惊诧时，它们已抛弃了它们的新主人与海岸，一一地跳入它们的本乡海中去了。我久久地呆立在那里，诧异着，疑惑着，要找出这件怪事发生的原因；是上帝做出这个奇迹呢，还是绿草的液汁有灵验？我自念道：'但是什么草能有这样的伟力呢？'我便用手摘了几根草，放在嘴里咬嚼。我刚把奇异的草汁咽下肚，突然觉得我的心在体内颤动着，我渴欲奔赴水中。我不能再忍耐，便高叫道：'再会，大地，我再不能回陆地了！'我便噗咚一声跳入水中。水神们迎接我，给我他们中间很高的位置，还叫俄刻阿诺斯（Oceanus）和特西丝（Tethys）把我的凡人的性质都洗涤了去。他们洗涤了我，先唱一支魔术的歌，重复唱了九次，把我的罪恶洗去了，然后他们又命我在一百条川流中沐浴，向四方流注的河道立刻把它们的水倾泻在我头上。这便是我所能记忆的事了，我都告诉了你；但其余的事我已经浑忘了。当我知觉回复时，我见我自己的身体已和从前的完全不同，我的心灵也不一样。我第一次看见我自己的深绿的胡须，飘荡在水波间的长发，宽肩和壮臂，以及鱼形的双腿。然而你如果不为这些所动，则我这个形体有什么好处？我做了不死的神又有什么好处？”他这样地说着，还要再说下去，但史克娅已经逃开了。他禁不住狂怒了，便到太阳之女喀耳刻（Cerce）的奇宫中去。

他离开了库克罗普斯的地方，他离开了桑克尔（Zancle），他离开了在西西里岛（Sicily）与奥沙尼亚（Ausonia）之间的沉舟的海峡，于是用力地游泳过特林尼（Tyrrhene）海，到了一个草柔山青的地方，到了太阳女儿喀耳刻的宫中。在这宫里满是幻兽。他见到了她，她很和善地接待他，于是他对这位女神说道：“唉，女神，请你可怜一个神，我请求你！因为只有你，假使我是值得你可怜的话，能够成全我这一回的恋爱。奇草有什么魔力，没有人比我知道得更明白，因为我便是被奇草所变的。我的狂恋的原由，我可以告诉你；在意大利海岸上，米桑尼（Messene）城墙的对面，我看见了史克娅。我用苦语恳求她，我用甘言诱媚她，我用厚赂引动她；我真羞把这些复述出来；所有这一切都被她骄傲地拒却了，但你如果有灵验的咒语，请用你的圣唇为我唱一遍；不然，要是药草更有效力的话，则请你使用了药草。我并不请求你医好我的这些伤痕，也并非要求终止我的恋爱；我所求的是让她也燃起同样的热情。”但喀耳刻——因为没有人比她更易为这种热情所动，其原因或在她自己，或因维纳斯为她父亲的妄谈所触怒，故使她如此——答道：“你最好是去追求别一个和你一样渴求着恋爱，燃烧着情火的人。在你一方面，诚然是值得为女子所爱悦的；如果你给出一点希望来，我便将老实地告诉你，你真的将成婚了。你可以相信我这话，相信你自己迷人的能力。你看，我虽是一个女神，虽是光辉的太阳的女儿，虽有歌咒与药草的魔力，我却求你使我成为你的人。她拒绝了你，你也拒绝她；她献爱给你，你也献爱给她；所以在此一举之间，我们俩都可以各偿所愿了。"但格劳科斯却对她说道："史克啦活在世上一天，如要我转移对于她的爱情，则海上将生绿草，山巅也将长满海藻。"女神闻言大怒，因为她不能够损伤这个神——她也不愿去伤害他，因为她爱他——便将一腔怒气都发泄在史克啦的身上。她和合了一种药汁，随和随念咒语，于是披上外衣、由宫中经过兽群，走到海上，如履平地一样。有一个小池，景物幽峭，当太阳猛烈地升在中天时，史克啦常喜欢到那里去避热取凉。喀耳刻先这位女郎来到那里，把她的猛药倾入池水中，她又念念有辞地说着咒语。后来史克啦来了，照常的把半身浸入水中；突然，她见自己腰以下变成了巨怪的形状。她起初不信这是自己的身体，恐怖地逃走了，竭力想避开那可怕的怪物。但那怪物却跟着她息息不离；她觉得她的腿，她的足都成了巨狗的形状；她站在一群恶狗之上，她的美腰，她的腹部都被环抱在怪物形体之中，共有六个头，十二只足，但是她的上身仍是一个美女。

她的爱人格劳科斯见了这个样子，便哭起来了，逃避了喀耳刻的拥抱。她总是极残酷地使用她的魔草的！史克啦便这样的永成了这个形状。等到喀耳刻攫取了优里赛斯的六个同伴，他才第一次有机会对她报仇；于是后来她变成了岩石，这岩石至今还存在，为水手们所惧怕。

喀耳刻与辟考斯

在喀耳刻的宫中，有一个白云石的少年立像，他头上站着一只啄木鸟。这像放在圣寺中，像前绕着许多花环。这是奥沙尼亚地方一个国王辟考斯（Picus）的仪容。他是萨杜恩（Saturn）的儿子，极爱骏健的战马。他的美貌，可从这个云石像上见到。然而石像所表现的不过他的躯壳的美，至于美态笑容则非硬固的白石所能表现的。如问石像头上为什么会有一只啄木鸟站着，则有下面的一段故事。

辟考斯的美貌吸引了林中水中的许多仙女，她们各欲得他为夫，然而他完全拒却了她们，只爱上一个仙女卡宁丝（Canens）；卡宁丝到了结婚年龄，便和辟考斯结婚了。她的容貌已胜人，而她的歌声之美尤远过于其貌。她的歌声感动木石，驯服野兽，溪水为它停流，飞鸟为它止飞。有一次，她正在家中唱歌，其时辟考斯离家出去猎野猪。他骑一匹骏马，左手执矛，身穿一件大红袍，用一支金光闪闪的胸针扣住；这样的打扮衬着他雪白的脸色，更显得英俊可爱。太阳之女喀耳刻这时恰也到这森林中采撷草药；她从茂密的林荫中见到那个少年，心里突地一惊，手中所执刚采来的草药不觉堕到地上；一片恋火似乎在她全身中燃烧着。当她勉强抑制着热情，打叠起精神，要走出去向他倾诉心情时，他的快马与云涌风驰似的一群仆人阻碍她的向前。她默语道："你不能这样逃开我的，要是我知道我自己，要是我草药的魔力还不曾消灭，要是我的咒语还不曾失去效力时，你便乘了风也逃不去。"她说着，便念咒幻成一只野猪的形象，命它在辟考斯的马前穿过，跑进一座密林中藏着；那座密林是不便于马匹奔驰的。辟考斯一见那只野猪，决不疑惑有什么诡计，便放马追去，到了林旁，轻快地跳下了马，步行而前，走向树林的深处。她捉住了这个机会，使用咒语使密云掩蔽了她父亲的脸——她也常用此咒来掩蔽月亮——于是天色乌黑了，浓雾由地上弥漫起来。这样，辟考斯的从人便与辟考斯相失，一点也不能保卫他了。她候到了一个相当的地点与时间，倏地出现在他面前，媚笑地对他说道："呵，最美貌的少年，你的双眼勾住我了，你的美貌竟使我，一位女神，也不能不向你求情，请你应答我的热情，承认光照万物的太阳做你的岳父，不要冷酷无情地拒却我喀耳刻。"但是他怫然拒却了她，说道："不管你是什么样的身世，我决不是你的人。已有别一位女郎取得了我，保管着我的爱情，我但愿她永远保有这爱情。运命使我的卡宁丝活在世上一天，我的情爱永不为别人所动摇。"喀耳刻更用了许多软语媚态去求他，他一点也不动心，还是冷冷地满脸冰霜。于是喀耳刻羞怒地叫道："但你将不能平安无事地走去，你的卡宁丝也将不再见到你了；你经了这一次经验，将知妇人们的爱情被拒却时，她们能做些什么；更将知妇人如喀耳刻者的爱情被拒却时，她能做些什么！"然后她两次转脸向西，两次转脸向东，又三次用她的魔杖触在辟考斯身上，三次唱念她的咒语。他惧怕了，转身便逃；他觉得比往常跑得更快，心里很是诧异，仔细一看，原来身上已生了双翼，已经被咒而变成一只鸟了。他心里异常愤怒，便用新生的硬嘴不住地啄着老橡树，给它的长枝加上无数伤痕。他的双翼还是红袍的颜色，那支扣住红袍的金针也变成了羽毛，这就是环绕颈际的金黄色的毛片。除了他的名字之外，辟考斯的美貌至今已毫无存留。

这时，喀耳刻已使天空复明，云消日出；辟考斯的同伴在林中到处寻找他不到，便到喀耳刻那里辱骂她一顿；威胁她送还他们的国王。他们正要将利矛向她投去时，她将毒汁向他们洒去，更招请黑夜来帮助她，黑夜的诸神便从他们的住处长号着飞来。这是很可怪的；林木变了位置，土地震撼了，树皮变成白色；她的毒汁溅在草上，草都染了鲜红的血色。石块都似乎粗厉地号着，犬吠的声音也可听见，地上满是乌黑的蠕动的东西，沉默的死的轻影似乎正在四处奔跑。那一群卫士侍臣们遇到了这些怪物怪声，不禁震骇不已。她将她的魔杖触着他们受惊的脸，于是他们不再保留原形，一个个变成了各式各样的野兽了。

夕阳沿着海岸，卡宁丝久候她的丈夫不归，心里焦急不已。她的从人和她的人民，手执火炬，散到森林里去寻找。她捶胸扯发地哭着，心里殷忧百结；从此离开了家，在旷野中漫游；走了六夜六天，不睡不食，经山过谷，信步所之。最后，她倒在一个河岸上了，又悲又倦。她哭着，微声地诉苦着，正如天鹅临死时唱最后的挽歌。最后，她的骨骸变成了清水，她的全身渐渐的消融为稀薄的空气了；然而她的故事，至今还为以她之名为名的卡宁丝地方的人民所忆念。

象牙女郎

丘比特是顽皮的，而维纳斯却是喜怒无常的，所以恋爱的遇合，比别的事情更奇特，更多幻变，更可惊可愕。常有绝不相配的人而竟生求死追，恋着不舍；更有异常热恋着的人，而竟孤叹独怨，不是生离便是死别；更有为了恋爱，死的可以得生，物质会有灵魂的。如今要说一件更奇特的故事，这故事也是维纳斯从中主持的。

匹克美梁（Pygmalion）是库普洛斯（Cyprus）的国王，而库普洛斯却是维纳斯喜游之地，那里有她的一所大庙，每当大祭时，各地的人民潮涌似的到庙里来贡献礼物。匹克美梁尤虔诚地奉祀她，不肯有一毫的苟忽。

匹克美梁以雕刻著名，他的宫里，陈列着许多云石、象牙，以及已成未成的雕像；那些雕像一个个神彩奕奕，比活人只差一口气；有的须眉怒张，似有扛鼎拔山之力，有的娉婷娇媚，比绝世的美女还令人怜爱。有时，他雕着神们的故事，如宙斯与巨人之战，那些凶猛的巨人，一个个筋骨显露，或执巨石，或执尖刀，向诸神投掷；而宙斯使着他的雷霆，不知震死了多少的敌人；雅典娜安闲地举起盾和矛，受伤的巨人跌倒在她足旁；更有尼普顿执着三股叉，也是威猛无比。他还雕着受伤的女战士，那勇健而秀丽的脸上，现着强忍的痛苦，使见者都感得怜恤。

这位雕刻家终身不肯结婚，这不是没有原因的。

原来匹克美梁住的地方，许多妇人都是不贞节的。她们虽住在库普洛斯，却不知崇敬爱神维纳斯。维纳斯非常嗔怒，便使她们甘心为妓，污辱了她们的芳名而不悔；等到廉耻丧尽，脸上不再现鲜红的颜色时，她们便被化为坚石。匹克美梁眼见这些妇人的无耻与结局，便憎恶一切的妇人，以为她们的心灵是充满罪恶的，不愿与她们发生什么纠葛。因此，他立意独身，不要有一个同床共枕的人。有一次，他使出他的巧妙无伦的技术，用象牙雕成一座女像；这女像的美丽，没有一个凡间的妇人可以比得上；唇角现着微笑，眼波如欲流动，颈是最温润的柔颈，手足是最完美的手足；那尖尖的纤指，那迎人而笑的姿态，几使见者忘了这是没有生命的雕像。匹克美梁眼馋馋地望着自己的创造品，且诧且羡，不禁堕入恋爱的深渊中了；大概恶作剧的丘比特乘其不备，已经对他发了一箭。他常常举手放在雕像上，抚摸着，试试这美肤到底是温肉还是象牙；他几乎不相信这是象牙雕造的。他轻柔地吻着她，仿佛她也报他一个甜蜜的香吻。他对她说着轻若微飔，绵绵如莲丝的情话；他紧抱着她，手似乎陷入了玉肌，这时，心里又怕自己的指痕将永留在她肌肤上。他简直当她是真的情人，低呼着亲昵的名字，时时带了女郎们所喜悦的礼物给她，又赠她最馨洁的花朵：还制了几套美服给她穿上，把戒指戴上她的手指，把颈圈挂在她的颈际，把珠宝悬于她的耳下。这一切更足增加这雕像的美丽，然而没有这些东西时，她更是天真可爱。他把她躺在床上，用最柔软的枕给她枕着，覆以轻温的被，称她为同枕的爱人。

现在，维纳斯的大祭到了，所有库普洛斯人都潮涌似的跑来瞻礼。小牛双角上贴了金，颈间受了一刀便倒了，祭坛上不断的袅着香烟。匹克美梁把他的祭礼献上了之后，便站在坛旁，虔诚地祷告道："呵，神们，如果你们能够赐万物给人，我求你们给我一个妻……"底下他不敢加上"给我那个象牙女郎为妻"几个字，却接上说："一个如我象牙女郎一样的女郎为妻。"维纳斯这时正临坛受祭，听见了他的祷告，知道了他的真意，便给他好的兆头，祭火三次燃得很旺亮，火头高高地冲跳到空中。他祭毕回家，立刻去寻他的象牙女郎。像一个久别归来的情人，他俯在她身上，接了无数的吻。她的唇似乎红润了，温暖了。他再吻着她，且用手抚她的胸。坚硬的象牙，在他的手下柔软了；冰冷的死像，在他的手下温热了，正如一块黄蜡受了太阳光融软了一样。他站起来，喜悦得几欲发狂，然而仍旧疑惑着，怕自己有错误，用手再三地试探。是的，真的是肌肉，是最馨柔的肌肉！血管在他试探的手指下有秩序地跳动着；于是匹克美梁向维纳斯倾泄出他的谢忱。他热烈地仍将他的唇接合在女郎的唇上；现在吻接的是真的唇了，是樱红的美唇！女郎感觉到他的接吻，脸上一阵羞红，便向光明抬起了她

希腊罗马神话与传说中的爱情故事

的羞怯的双眼，同时她看见了天空和她的情人。他们结婚时，维纳斯也亲自降临。他们快快乐乐地度过了九度的月圆，她便生了一个女儿帕福丝（Paphos），不久，又生了一个儿子喀倪刺斯（Cinyras）。

美娅与其父

　　喀倪剌斯成人了，娶了妻，生了个女儿；假若生的是男孩，或者一无所出，那倒是他的幸运。然而，不幸，他偏生了个女儿，他与他的女儿便发生底下这个惨怖的故事。

　　他的女儿名为美娅（Myrrha），长得异常美丽，心底里却隐藏着一种不可言宣的恋情；她在无数的美少年，无数的王子中，找不到一个丈夫；她的恋情，却很可诧怪的，无端竟萦系在她自己的父亲身上。她很明白这热情乃是一种罪恶，必不容透露；她也曾竭力地抵拒过。她每自思道："我生了一个什么主意？我打算着一个什么计划？唉，神们，我求你使我们解脱这个罪恶，使我战胜了我的热情吧！然而我不能决定，到底神们是否以这种恋爱为罪恶，是否责罚这种恋爱。不，别种动物都是如意求牡的；牝鹿交父，她不以为卑鄙，雌马配了生父，也没有人怀疑过，山羊也常在他们父母群中徘徊，禽鸟也和他们生身的长辈交合。他们有这种特权的真是快乐呀！人类的文化偏生定下了许多可恶的规律，凡是自然所允许的，妒忌的法律总要禁止。然而他们说，人世间也有几个种族是允许子娶母，女配父的，因此，天然的爱便增加了双重的联结。唉，不幸的我，却没有生在这等种族中的运命！我错生了地方了。唉，我为什么顾忌着呢？前去，不顾法律的欲念！他是值得恋爱的，然而他是父亲——唉，如果我不是这位伟大的喀倪刺斯的女儿，我一定能够嫁给他的。事情却铸错了，因为他是我的，反而不能成为我的了！如能远离本国，我便可以逃出这个罪恶，然而不幸的热情却把恋人紧留在这里；因为留在这里，即使别的事情不被容许，也可以天天和喀倪刺斯见面，和他接触，和他谈话，和他亲吻。但是，不幸的女郎，除此以外，你不再希望别的吗？你想想看，你将挣脱多少的束缚，将混乱多少的名称！你将成为你母亲的情敌，你父亲的妻子吗？你将被你的儿子称为姊姊吗？你将被你的兄弟称为母亲吗？凡是犯罪的人都将面对面地见到头发上绞绕着黑蛇的姊妹们，你不怕吗？但在还没有实行犯罪之前，你不要在心中觉得是罪恶。惟愿事实自然会禁阻了你。他是一位忠直的男子，极尊重道德法律的——唉，不，我真愿他心里也燃烧着同样的热情！"

　　她这么迟迟疑疑地自思自想，绝不敢吐露丝毫的心绪让第二个人知道。这时，有许多的求婚者都向喀倪刺斯要求娶她为妻；他不能决定，便去问美娅自己，把他们的姓名一一述说了，问她到底愿意选择哪一个。她默然好久，然后眼波流注在父亲的脸上，眼眶里充溢着热泪。喀倪刺斯以为这是闺女惊惶时的常态，柔和地命她不要哭，拭干了她泪湿的双颊，更吻着她的红唇。她见父亲这样吻她慰她，心里快乐得几乎发涨了。她父亲又问她到底要哪一类的丈夫；她便答道："一个像你一样的人。"他完全不懂这句话中的意思，只是很赞成地说道："愿你常常这样的孝顺。"女郎听见"孝顺"这一个词儿，自觉她的罪恶，垂眼向地，不敢抬起。

午夜的时候，四无声息，每个人都浓酣地睡着，睡眠使他们忘记了一切的记念和苦乐！惟有喀倪剌斯的女儿却为不可控制的热情所灼烧，整夜的不能入睡。她的狂念，一发不可止；有时觉得这是一件绝望的事，有时又觉得要哭一个痛快，有时觉得羞耻不堪，有时又觉得狂欲盛炽，无法去实行；正如一株大树为斧斤斩伐，只等最后的一下便可以倒仆，而在这时正是无论倒到哪个方向都可以的时候。她的心也是如此，为无数的攻击所围绕，不稳定地东倚西歪着，无论倒到哪个方向都可以，而有时又觉得任何方向都不好。她不能得到热情的结局，也想不出什么逃避的方法，终于想到死。她次意一死了之。她从床上悄悄地爬起来，想要吊死，她把腰带挂在一根梁上，默默地对父亲告别道："再见，亲爱的喀倪剌斯，你要知道我为何而死。"于是预备把死灰色的项颈套进带圈里。

据古代的传说，她最后的几句悲号，隐隐约约传入睡在她门外的忠心的老乳母耳中。那老妇人连忙起身，开了她的房门：见她正预备要吊死，她立刻骇叫一声，冲进去捉住她，把颈间的带子解开了。然后，她紧抱着她哀哀地哭，问她为何轻生。可是女郎一声不响，沉默得像一个石人，双眼垂注在地上，自恨死得太慢了，竟至为人所知。老妇人絮絮不休，定要知道她轻生之故；她指自己的白发同枯干的胸部给她看，

希腊罗马神话与传说中的爱情故事

叫她看从前摇她的摇篮与抚养她成人的情分上，把痛苦轻生的原因说出来；她情愿保守秘密，决不向外人泄漏半个字。女郎深深地叹了一口气，避过了脸，仍是一言不发。老乳母定要知道这事，便对她立誓，请她信任。她说："告诉我，让我来帮你的忙：我是一个老年人，富有经验。如果这仅是一时的疯狂，我有治疯狂的咒语与药草；如果是受了什么人的诅咒，我也可以用幻术的祭礼来扫除它；如果是神们对你生气，更可以用虔诚的祭礼恳求他们。还有什么别的原因呢？你的家庭依旧是发达的；你的父亲母亲也都康健无恙。"美娅听见老乳母说到"父亲"这一个名词，便从心底里发出一声叹息。这个时候，老乳母还没有猜出这位女郎灵魂中蕴蓄着的罪恶，可是她已有一点觉悟，知道这必是有关于恋爱的，于是她再三地要求美娅把这件事说出。她用老弱抖动的双臂，把哭得泪人儿似的女郎紧搂在胸前，说道："我知道，你陷入情网了！在这件事上，我可以完全为你尽力，不要怕，你父亲不会晓得的。"这个发狂的女郎，突然受了一下推击似的从她胸前挣开，把脸儿埋在被窝里，狠声地说："请你走开，再不要问我悲苦的原因吧！这是一种罪恶，你知道了这一点已经足够了。"老乳母吃了一惊，伸出两只颤抖不已的手臂，跪在她乳育成人的女郎的足下，半恳求半恐吓地要她说出事件的始末来。她恐吓她说，如果不说出，她便要将她寻死的事报告出来，同时，又诱引她说，如果说出来，她一定可以帮助她。这位女郎抬起了头，沸热的眼泪沾得老乳母满胸；她想要说出来，结果仍把话头咽了下去，只把羞红的脸藏在衣服之下。如是者好几次，最后，她聚集了全身的精力，迸出一句话："唉，母亲呀，你享有你的丈夫，真好福气！"这句话已经太多了，她说完了这话，再也不响，只是不断地叹息。老乳母已明白了她的意思，一阵冷颤通过全身，满头白发，几乎根根都直竖起来，她说了许许多多的话，尽力想拨扫开她的这种狂念。女郎知道老乳母的话句句都不错，可是不能打入她的心中；她的心已为非法的狂念所占领，像铁壁一样坚固，再也攻打不破。她仍然决心的说，此愿如不得遂，无宁死去。老乳母叹道："且活着吧，你可以有你的……"她不敢接下去说出"父亲"这个字；她不再多说，仅对天立誓说，她能够帮助她。

这时，在本地，已嫁的妇人正聚集在一处，举行每年一次的刻瑞斯的大祭，她们贡献第一次收成的谷；她们离开了家，要有九天的忙碌。在这九天里，恋爱及与男人接触的事也列在禁忌之内。国王的妻辛契丽丝，美娅的母亲，她特别的忙碌。她必须赴会，在这秘密的典礼里，一刻也不能离开，所以国王喀倪剌斯的床上便不见有她同眠了。老乳母便捉住了这个绝好的机会。一夜，她见喀倪剌斯喝醉了酒，便告诉他说，有一位女郎真心地爱他，并胡乱造了一个名字，还夸说这女郎如何如何的美丽。他问这个女郎如今有多少年纪，她便答道："和美娅的年纪一样。"他命她去领她来。老乳母到了家，高声叫道："你可高兴了！我的孩子，我们赢了！"这位不幸女郎的心房里感不到一点快乐，只充满着忧愁与冷漠；但同时，她又有一种奇感；她完全成了一个木石的人，一点也不能抵抗或感觉到热情。

正是一切东西都安静的休息着的时候，天空闪耀着繁星，斗柄向下转移，银河低垂，皎月朗照，她去赴那犯罪的约会。一走到露天，银白色的明月逃开了天空，亮闪闪的繁星都躲藏在黑云后面；夜间黑漆漆的，一点光明也没有。美妲双足踟蹰不前，欲行又止，中途颠踬了三四次；她全身颤抖着，鬼嚎似的枭鸣，也警告过她两次。然而她仍然前进；乌黑的夜减煞了她的羞涩。她左手紧握着老乳母的手，老乳母感觉到她的手冷而发抖，右手则伸向前方，在黑暗中摸索着寻路。她到了父亲的房门口，开了房门，终于进了房。然而她的双膝震颤不已，似将软瘫下来；她的脸上一点红色也没有，她的知觉似乎完全消失了。越走近罪恶一步，她越觉得惊怯；她恼恨自己的大胆无忌，愿意趁未为父亲识破时逃了回去。当她却退时，老乳母却牵了她的手领到高床之前，把她交给喀倪剌斯，说道："请受了她，喀倪剌斯，她是你的人。"说毕，她便走出房门，房中只留下这一对男女。父亲茫然无知地接受了自己的骨肉，竭力镇定她处女的惊怯，温柔地向她劝说。恰好，他因为她年龄幼稚，叫她做"女儿"，她也就回叫他一声"父亲"。

以后，她离开了房，把罪恶蕴藏在心底。第二夜，她仍然去，仍然犯了同一的罪恶；第三天，第四天……都是如此。最后，喀倪剌斯在好几次幽会之后，渴望见一见他情人的面貌，带了一盏灯进房，这就认出了他的女儿，感到自己的罪恶。他一言不发，恼怒得脸色铁青，便从床边挂着的刀鞘中，拔出亮光光的刀来。美妲飞奔而去，因黑夜的蔽护，得以免死。她无目的浪游着，经过了九个月，才憩息于萨平安地方（Sabaean Land），觉得疲倦万分。现在，她再也不能担载她的罪恶的结果了；她不知怎样的祷求神祇才好！她又怕死，又倦于生，像落在陷阱中，无法得出。最后，她把自己的愿望结集起来，向神祇祷告道："唉，神们呀，如果还有一两位神可怜我而听受我的祷告，我并不拒绝我所应得的责罚；但只怕我活着时，触怒了活的人，我死了时，又要触怒了死的人，请你们让我离开了生域与死地吧！请你们变更了我，使我既不生又不死吧！有的神祇应允了她的祷告；她的愿望居然得了灵应。正当她说完了话时，泥土涌起来掩没了她的双腿，树根由她足趾中向左右伸张，她的身躯变成长干了，她的骨骸变得坚硬有力了，她的血脉变成了树液，她的双臂变成了树枝，她的十指变成了小枝杈，她的皮肤变成了深棕色；现在这株树密包了她的累坠的孕，埋了她的胸，掩了她的颈。虽然她已失去了旧时的感情，她却仍旧哭着，热泪滴滴地由树上落下。这泪落在树干上，凝成树脂，也成了有名之物，可从树干上刮下来；它仍用它的女主人的名字，名为"Myrrha"，永久为世人所记住。

她虽变了树，她的孩子却仍在树木当中长育，如今要寻一条道路，离开他的母体了。孕树的树十胀大了，它呻吟着，落下泪水。怜恤她的女神鲁西娜（Lucina）出现在她旁边，念着咒语，助那孩子出世。于是树干裂开了，居然生出一个活的男孩子。林中的女神们把他放在柔叶上，用他母亲的泪水来洗他。这个孩子便是"妒忌"也要称赞他的美貌，他的美简直像画图中的裸体的爱神；但你即使把那个箭袋给了他，或者不给他，都没有什么分别。

阿多尼斯之死

　　时间不可见地滑过去，再没有东西比年光飞驰得更迅速的了。美娅和她父亲所生的儿子，不久之前还孕育在母树中，不久之前，才脱离母树出生，而非常之快地由婴孩而少年，而成人了；他的体格强健而又温柔，面貌勇毅而又娇艳，是一位最壮健的男儿，而又像一位最美丽的女郎。没有东西可以比他，勉强要比，或者可说他像神的利剑锋利无比，而又柔可绕指。现在，这位美少年竟激起维纳斯的爱情，发生下面的一段故事。

　　这位美少年名为阿多尼斯（Adonis）。维纳斯的儿子，顽皮的小爱神丘比特，有一次肩着箭袋，双手攀着他母亲的雪颈，和她接吻。他不知不觉地把神人俱怕的箭尖刺进他母亲的胸。维纳斯被刺得痛楚，便推开了他，察见自己的伤痕，其深且巨远过于她所猜想的。于是，这位女神为爱情所哄欺了；她被一个凡人，即阿多尼斯的美貌所吸引住。她不再到库忒拉的边境去，不再到深海环绕的帕福斯去，不再到鱼类出没的尼杜斯去，也不再到富于宝石的阿马图斯（Amarhus）去。她竟至于无心住居天上；她爱阿多尼斯比爱天宫还厉害。她可以一天两天不见天宫，却不能一分一秒不见阿多尼斯。她如影随形地紧跟着他，成为他的不可暂离的同伴。虽然她从前喜欢在林荫底下憩息，让树影遮蔽她的美躯，不致为烈日所伤，现在却越过山脊，穿过森林，经过丛生荆棘的岩地；她还把长袍卷起，直到膝盖头，学着狄爱娜的样子。她也学会了鼓励猎狗去追逐那些不会害人的动物：如雪白如球的小兔子，高角槎枒的公鹿，或性情惊怯的牝鹿之类。这完全是为着阿多尼斯，为着要跟随那好猎的阿多尼斯之故。但她不敢去猎白齿郴郴的野猪，凶光满目的狠狼，爪牙尖利的巨熊，以及勇猛无比的狮子。她也再三阻止阿多尼斯，不许他去猎这些猛兽。她说："追捕弱小的动物不妨勇敢，但和猛兽相持时，勇敢是危险的。亲爱的孩子，你要为了我之故，不要鲁莽冒险，不要去激怒那些齿爪锋利的动物，不然，你的虚荣心将使我受大苦了。青春和美貌以及别的可爱之点，凡足以激动我的，举不足以激动狮子与野猪的心。野猪用它的利牙，会疾如闪电似的给你不及留意的巨伤，而猛狮的发怒也是绝难抵拒的。我怕它们，我恨它们。孩子，你要为了我之故，不同它们接近。"阿多尼斯问她为什么这样怕它们，恨它们，她答道："我将告诉你古时一对罪人的结局。但现在我有些倦了，我实在不惯这样的劳苦。你看，近处有一株白杨树，它的绿荫正在招邀我们，那边还有细草平铺，可以为床，我愿和你同到那边去休憩。"于是他们到林荫底下坐下，她倒身在地，头枕在他的胸前，一边吻着他，一边断断续续地说出下面的故事：

"你也许曾听见过一位女郎，捷足无比，在赛跑时，胜过一切的男子。这不是空谈，她真的跑胜过他们。你说不出你之所以赞美她，到底为她的捷足，还是为她的美丽。现在，这位女郎去求神，问她的未来丈夫的事，神回答她道：'一个丈夫将给你危害，呵，阿塔兰忒（Atalanta）；你不要嫁人吧；然而你的运命却注定是要嫁人的，你将因此备受苦害。'阿塔兰忒惊怖于神的预告，便居住在阴沉沉的绿树林中，不肯嫁人。然而来向她求婚的人仍旧络绎不绝，于是她订下一条酷刻的婚约。她说：'要娶我的请和我赛跑，谁能比我跑得更快，我才嫁给他。我愿嫁给胜我的人，而那些跑不过我的落后的人都得处死刑。这是我定下的赛跑条件。'她的心肠真是无比的刚硬。但是她的美貌诱惑了颠倒了无数的男子，纵有这样的一个条件，还有许多不顾性命的男子要来试试他们的运命；于是定期比赛。希波墨涅斯（Hippomenes）没有预赛，坐在旁观者的座位上，看这次酷虐无比的赛跑；他高叫道：'谁愿冒这样的生命大险去求一个妻子！'于是他责骂那些狂热到不顾性命的少年。但是他看见她的美貌和娇健的体态时——她的美正同我一样，你若是一个女子，也同你一样——也不禁心动了，便伸出手来，说道：'请原谅我，刚才受我责备的诸位，我还没认明白你们所争求的彩物的价值呢。'他这样地赞美她，心里暗烧着恋火，私自希望那些少年们没有一个能够跑得比地快，同时，心里又充满着酸苦的妒忌与恐惧，惟恐他们当中或许有一个人会把她赢了去。他暗思道：'但是我的运命为什么不使我加入赛跑呢？神们是喜欢帮助那些勇敢的人的。'希波墨涅斯心里正在沉吟不定，阿塔兰忒在他身边跑过，双足如附了飞翼似的轻健。她简直跑得比神箭还飞快，而他更加羡慕她的美丽。她的奔跑，另有一种说不出的美处。微风把她快跑着的足上的翼带飘飘向后吹动，黄金似的头发披拂在玉肩上；膝头的光亮的界带闪闪动人，娇柔的处女脸上现出一阵绯红，正像一个红色的帐幕张在一座白云石的大厅中，烘染得它反映着红光。他正在呆呆地惊羡着时，她已经跑到了目的地，其余的男子都远远地落在后面。阿塔兰忒便光耀地戴上胜利的花冠，那些失败了的少年们却脸色灰败的叹着气，被牵到刑场去了。

"然而希波墨涅斯却不看他们作前车之鉴，他由座位上站起来，眼光凝注在女郎身上，说道：'你为什么单选那些无用的少年们而赢他们呢？来，试和我赛跑！如果幸运肯把胜利给与我，那么，你被这样一个伟大的敌手所胜，也不至于含辱忍垢了。因为米格莱斯（Megareus）是我父亲，而他的祖父是尼普顿，所以我是海王的曾孙。而且，我的身价也不辱没我的门庭。我或者不幸而失败了，你也将因此胜了希波墨涅斯而得到伟大的声誉。'史各尼斯（Schoeneus）的女儿用温柔的眼光望着他，心里疑疑惑惑的，一时想胜了他好，一时又想被他胜了好；终于她说：'哪一个妒忌美少年的神要想摧灭了这一位，竟鼓动他冒生命之险来和我赛跑呢？如果我是裁判官，依我的裁判，我是不值那么大的价值的。并不因为他的美貌感动了我——不过我也是能为美貌所动的——实在因为他如今还是一个孩子。他自己不能动我，是他的青春动了我。他的勇气，他的不怕死的精神有什么用呢？他说他是海王的后代，这又有什么用呢？他爱上了我，以为和我结婚是值得冒生命之险来一试的吗？唉，趁现在不太迟的时候去吧；从这个血染的竞婚中逃开吧！和我结婚是一件致命的事。别的女郎不会拒绝他不嫁给他的，也许有一个更聪明的女郎将向他求爱。为什么眼见许多人已经死了之后，还要这样办呢？愿他自重！但他见了少年们一个一个地死了，还不知警，还是一点也不顾自己的生命。唉，让他也灭亡了吧！他将死了；他因为要和我一同生活，结果却得到不应受的死亡，这是恋爱的责罚吗？我的胜利将附随着不可忍的嫉恨了；但其过不在我。唉，我愿他能够退出，不然，他如果这样狂热地要实行比赛的话，我愿他拿得稳，比我跑得快！唉，他的脸是如何的像少女一样的娇嫩！唉，可怜的希波墨涅斯，我但愿你永不曾看见我！你是那么值得生存的。但我如果有一点幸运，如果残酷的运命不阻止我结婚的话，你真是那惟一的人，我愿与你同床的。'女郎这样说着，第一次感受到恋爱的冲激，茫然不知该怎么做。她已堕入恋爱中，而自己还不知道。

　　"同时，国人和她的父亲都要求照例赛跑。于是希波墨涅斯对我恳祷道：'但愿维纳斯在我邻近，我求她对于她所给与我的恋爱微笑着，帮助我成全此事。'一阵和风把这轻柔的祷告吹入我的耳朵，我自认，这个祷告感动了我的心。可是要给他帮助，为时至促了。在克卜里亚（Cypria）最富裕的地方，有一块田地，土人名之为泰麦修斯（Tamasus），古时他们把它献给了我。在这田中，有一株大树，树叶都是黄金的，我刚从那里来，手中执着三个才从树上摘来的金苹果。我显现在他的面前，别的人却见不到我；我把三个金苹果给他，并告诉他怎样使用这三个苹果。鼓声冬冬地响着，宣布赛跑开始了。他们两个低了头，由起点冲出，如箭之离弦，如鸷鸟之攫物，沙地上轻点着两双如飞的脚。你看着他们轻捷的步履，你会想到，他们如跑过海面，他们的脚当不会沾湿；或者跑过麦穗垂垂的田亩，也必轻点着麦穗面不会弯折了麦蒿。旁观者高声鼓励着希波墨涅斯，叫道：'快跑，快跑，希波墨涅斯，用你的全力！不要落后，你一定会赢的！'听见这些话而高兴的，也不知到底是他还是她。呵，有好几次了，每当她快要追过他时，她总放慢足步，凝望着他的脸不欲让他落后！现在，他已经喘息不止了，而决胜点还远在前面。于是他抛下一个金苹果；女郎见了这光彩耀目的金色苹果，非常诧异，渴想得到它，便弯出驰道之外，拾了起来。希波墨涅斯趁此机会跑过了她，旁观者不禁高声大喊；她紧追几步，便又把少年落在后面。然后，她又弯下身去，拾起少年第二次抛下的苹果，且又追过了他。剩下不多路便到决胜点了；他默祷道：'给我金苹果的女神，现在请默佑我！'于是他用尽全身之力，把最后一个金苹果远远的抛在驰道外的田中，她如果要去拾，非费好些时间不可。这时，女郎似乎心里迟疑着，欲拾不拾。我逼着她去拾，更给她所执的金苹果加上了重量，于是她又是失时，又负着沉重的负担。我不再多说了，恐怕我的故事要比赛跑的时间更长了，总之，女郎是被追过了，少年便领了他的彩品而去。

"阿多尼斯，你想想看，我不值得受这一对男女的感谢吗？但是他竟忘了我的功绩，不谢我，也不贡献给我什么；

于是我心里非常恼怒，决意要惩罚他们，给世人看个榜样。他们经过一座深藏在林中的古庙，因为长途跋涉，不得不休息一下。希波墨涅斯在我的神力之下，发生了一个不可抵抗的欲念。在庙旁有一所朦胧幽暗如洞穴的地方，祭师们曾放许多古代的神像在里边。他们进了这个圣地，把它玷污了，圣像都睁开了眼。圣母库柏勒（Cybelc）想把这一对犯罪的男女抛入史特克斯河，还嫌这惩罚似乎太轻；于是他们颈际生出蓬松的毛来了，他们的手指变成利爪了，他们的手臂变成了前腿了，他们的胸倾向地上，他们的尾扫拂着沙地，他们的形象凶猛可怕，他们的声音也变成了咆吼，他们如今不到新房里去，却在深林中漫游了。这样，他们变成了狮子，和别的猛兽一同驾在库柏勒的车前，为她服役。这些兽类以及别的野蛮动物，它们是不肯转身逃走，非要向前决斗不可的；亲爱的孩子，你要为了我之故，远避它们。不然，你的男儿的勇敢将毁灭我们俩了。"

女神这样的叮嘱他，然后坐上车，由白鸽驾着，升入天空去了；但这个孩子的勇气却不因她的劝告而减怯。恰好他的猎狗沿了一行兽迹，从一隐处引出一只野猪来；当它冲向林中时，阿多尼斯飞的一矛，中在它身上。这只狂怒的野猪用嘴拔出血淋淋的矛来，回身猛追阿多尼斯。他十分害怕地飞奔逃命，然而它的尖牙终于极深地戳进他的腹股之间，把这将死的少年直抛到黄沙上去。维纳斯正在半空轻车缓行，忽然远远地听见他的呻吟，连忙回车直向他驰来。她在高空中望见他一无知觉地躺在血泊中便跳下车来。扯着自己的头，自己的衣服，捶胸顿足地悲痛着。她咒骂运命。她说："阿多尼斯，我的悲哀将永久遗留了。每年我总得有一回纪念你的死亡，表现我的悲苦；但你的血将变为一种花。"她说时，便将香气喷人的琼浆倒在血上，这血和着琼浆，地上便有清莹的水泡涌起，如雨点落在池面一样。不到一个时辰，一朵红花便从血泊中生出。但这朵花是开不长久的；第一阵和风把它吹开了，第二阵和风再来时，便把这娇美的花朵一瓣一瓣地吹落地上了。这花的名字因此名为风花。

希腊罗马神话与传说中的爱情故事

歌者俄耳甫斯

　　在底萨莱（Thessaly）风景明秀的山谷中，住着歌者俄耳
甫斯（Orpheus）。他的祖父是管领天上乐歌的神阿波罗，他
的母亲是九个诗神之一，史诗的女神卡利俄珀（Calliope）；
他从祖父那里得到了金琴，得到了人间无双的弹奏金琴的
技巧；他从母亲那里得到了诗歌的天才。他每天都拨弄金
琴，玎琮的奏出和谐的音调；和着这音调，唱出美丽的歌曲，
这些歌曲乃是人间未之前闻的。他的琴声，低若爱人的微
语，柔若轻飔之拂过湖面，温和若夜莺之独啭于缺月柳荫之
下，雄伟若山涛怒号，屋顶亦为之震撼，悲壮若普罗密修斯
（Prometheus）之兀立高加索悬岩上，悲叹自己的苦阨，激烈
若神与巨人之交战，天地阴晦，日月无光，山岩相击，电掣
雷轰，他的歌喉也朗亮无比，幽隽无比。他依着琴声，或高
或低地歌唱着；高则若裂帛，若击玉，若普赛顿（Poseidon）
之喊战号，低则若午日晴空，风吹草偃，若冬夜严寒，雪花
瑟瑟的飞下；有时若断而复续，有时忽低而又昂，有时细袅

若游丝之浮扬于空中，有时洪烈若江涛之突发，千军万马之骤至。他歌唱的地方，是山涯水角，是松荫之下，绿草如毡的地上；他歌唱的时候，是朝曦初上之时，是牧羊人午日倦息之时，是微淡的眉月刚挂在东天，夕阳的光犹恋着地面之时。他所唱的歌辞，是神灵的启示，是灵感的表现，是天才的创造；他所唱的诗歌是大神创造宇宙万物的赞颂，是大神们的宴会曲，是英雄的历险故事，是大战争的最震撼人心的几幕，是恋爱的愉乐，是孤男怨女的哀吁，是逐子弃妇的悲啼。每当他拨弄着金琴，放声高唱时，凡是神所创造的东西无不走来静听。无数的禽兽环绕着他立着卧着；牛来了，羊来了，狗来了，马也来了；跟在背后的还有野熊，有豺狼，有斑豹。它们绝不去伤害牛羊，它们静听着俄耳甫斯的歌曲，已消失了它们的凶性与恶习。高山也在那里静听着，树木也在那里静听着；而天上的浮云也似乎凝定在那里，披上明亮的阳光的衣裳，颇有所领会的样子；他足下的流泉，也似乎流得更柔和了，不敢琤琮作响来扰乱他的歌声。

俄耳甫斯的妻子名欧律狄刻（Eurydice）；他们俩相爱至挚。冬天，白雪堆积在山尖树梢时，他们俩同坐在火炉旁，炉火熊熊，把红影投射到他们身上；俄耳甫斯便对她歌唱隽美的小诗，愉畅的情曲，夏天，太阳用金光涂饰万物时，他们俩同坐在林荫底下，凉风把炎热赶开了，俄耳甫斯便对她歌唱最秀雅的牧歌，最浪漫的恋爱故事，最悲壮的英雄事迹；这时候，万物都静听他的歌唱，白云凝停于晴空，绿树低垂着枝头，禽兽或坐或卧地环绕着他们。

有一天，欧律狄刻正和几个小孩子在河岸上游戏，误入

希腊罗马神话与传说中的爱情故事

一丛高没人膝的绿草中，踏着了一条毒蛇；这蛇咬了她一口，她中了蛇毒便倒在地上。她知道一定要死了，便叫孩子们到俄耳甫斯那里去——他这时正在远处——告诉他说，欧律狄刻不幸要离开了他去了；更告诉他说，她是如何不愿意和他分别；更告诉他说，即在坟墓里，她还是挚爱着他的。她说完了话，便把头靠在柔绿的细草上，熟睡似的死去了。孩子们将欧律狄刻的死耗告诉了俄耳甫斯时，谁能想象得到他是如何深切的悲戚着呢！他现在不复见有晴空，不复见有明月，不复知有白雪翻飞的冬朝，不复知有蝉声噪午的夏天；他所见的只是一片黑暗，他所知的只是无穷的悲哀，其苦味足够一生的咀嚼。他亡失了他的天才，不复拨弄他的金琴，不复启唇歌唱，泪点溅湿了他的双颊。往日静听他歌唱的禽兽们都诧异着：为何欧律狄刻再不和他同坐在绿草地上了？为何他再不弹奏美丽的音乐了？以后，它们不复跟随他了，只他独个儿在悲苦着，在漫游着，在闷坐着。

他将欧律狄刻葬在底萨莱的风光最胜处，他终日留连在她的坟边。他一手执着金琴，一手无助地掩在眼际，立在那里凄声地叫道："欧律狄刻！欧律狄刻！"他再听不见有熟悉而娇媚的声音答应他了！于是眼泪溅湿了他的双颊。林中的仙女们，牧人们，都来安慰他，然而他却恳求他们离开他，让他独自留在这里。他们一个个地走散了，他还是立在那里，曼长而凄楚地叫道："欧律狄刻！欧律狄刻！"似乎飞禽也不忍经过这里，白云因怕听他的悲呼而消隐了；流泉同情于他的苦吁，低声和着他呜咽着。无垠的旷野，夕阳洒着如血的红光，而俄耳甫斯还是立在那里，曼长而凄楚地叫道："欧律狄刻！欧律狄刻！”

最后他说：“我不能再逗留在这里了；我必须去寻求欧律狄刻。我再不能不见她了，我再不能没有她陪伴着了！我将到地府里去找她！也许地府的王和后，会允许她和我同回人世，再度快活的年光。不然，我便在地府里和她同住，也总比如今的孤苦好些。”

于是他执了金琴，到很远很远的地方，在那里，太阳当夜间沉落在它的金瓯中；在那里，无涯的黑暗弥漫了一切；在那里，有一切可怖的鬼怪住着，尖爪利牙，似将择人而噬；然而俄耳甫斯却不顾这一切，勇敢地向黑暗的地道中走下去，去寻求他的欧律狄刻，不同生便同死。他到了史特克斯河，灰黑的水湍急地流着，脸若冰霜的察龙执着长篙，专任渡新鬼过河。他一见俄耳甫斯，便高叫道：“你这个未死的人来到地府做什么？快走，快走！我不能渡你过河！”但俄耳甫斯一声不响，只弹着金琴，奏了一曲凄婉无比的歌调。察龙钢样的心初次被他感动了，他说：“这真怪，怎么我会起了怜恤心？来吧，如果你一定要过河，请快上船来！”这样，俄耳甫斯便过了河。他又走了许多的路，来到一座高大的黑门之前。这门紧紧地锁闭着，门前阴云密布，愁雾弥漫，有一只三首的猛狗坐在那里看守，它的牙比利刀还锋利；四周黑漆漆的，只有这狗的六只眼睛，光亮得像六团火球一样。当俄耳甫斯走近时，这狗立起身来伸长三个头，张开三张嘴，露出六排白邮邮牙齿，同时发出宏大可怕的吠声来；他如果再走近一步时，这狗便要猛扑过来，像狮子扑鹿一样，将他扯裂为碎片了。但俄耳甫斯却不动不言，只拨动了琴弦，奏了一曲。这狗听了这隽雅的乐声，野性便渐渐的驯服了，它伏在地上，像最忠心的小狗一样，渐渐的六眼齐阖，沉沉睡去了。这时候，地狱的门也为他的乐声所感动，自动地大开着，等候他进去。

他进了门，一直走到地狱的王宫，又将乐声感动了卫士，得以直进大厅。他见普路同和珀耳塞福涅（Persephone）正坐在大厅中，愁容戚戚，四无人声。普路同一见俄耳甫斯进来，便厉声叫道："你是谁？怎么敢到这里来？你知道不知道，凡人非到死后是不能到此的？我将命人将你用铁链锁起来，投在深狱中，永远不得复出。"

俄耳甫斯并不回答他，只拨动金琴的弦，和声向他们高唱道："你们统辖着地府的众神，我们凡人死后都要到这里来受你们统辖的众神，请你们允许我诉说真情：我并不是来游历地府，也不是来捉三首的怪狗；我到地府来是为了我的妻，她被毒蛇咬了一口，便正当年华灿烂的时代，到你们这里来了。我竭力要忍受这个痛苦，我不说谎，我确曾竭力试想忍受过。然而'恋爱'胜过了我；他在世间是一位人人熟知的神，至于在这里有没有人认识他我可不敢说；但是，如果古代相传的故事不是假造的，则我想他在这里不会没有人知道，而且你们一定会同他携过手。我求你们怜恤我的夭死的欧律狄刻。我们都是你们的臣民，虽然我们在世间也许还要逗留几时，然而或迟或早，我们总要到这里来的。这里是我们最后的家；即使她活着过了她的壮年，她仍将到这里来的。我求你们允许我带她到世间再同住一些时；如果运命注定，她必不能复生，那我也决意不再回人世，我和她就在地府同住。"

他一面拨弦，一面哀诉，竟使无血的精灵们感动得下泪了。伊克西翁（Ixion）的转轮诧异地停止了，挚鹰不再啄食人肝了，复仇女神们的铁脸第一次为泪水沾湿了；统辖地府的王和后，也不禁为他所动，再没有峻拒他的要求的能力。他们全都沉醉于他的弦歌之中，忘记了所处的乃是冷漠黑暗的地府。"恋爱"似乎展开了雪白的双翼，由天上飞到了这里，微笑地窥看这些铁石心肠的地府众神。他们的心里似乎都激动着从未感觉到的说不出的一缕柔情。

普路同用充满爱情的眼光望着她的后珀耳塞福涅，他的永久紧结的愁眉舒展了，嘴角现出微微的笑容，悒郁的心也为愉乐所开解了；珀耳塞福涅回望着他，嫣然地报答他一笑；这是她到地府后第一次的笑呢。

于是普路同说道："呵，俄耳甫斯，我从不曾感到快乐，如今你的美音却使我感到了，我不能拒绝你的愿望。"于是他吩咐侍从道："将欧律狄刻带上殿来。"侍从去后，他又对俄耳甫斯说道："我把你所要求的人给你了；不过有一个条件：你从这里回到人间时，你的妻紧跟在你的身后，在没有离开地府以前，你不得回头望她一下；如果违犯了这个条件，欧律狄刻仍将回到这里来，那时候，即使你歌唱得比现在更美妙柔和，我也不能再把她给你了。"

俄耳甫斯原欲立刻看见欧律狄刻的，但是他见普路同这样说，也就满意，因为他这样想："欧律狄刻现在是第二回属于我了，我难道不能忍耐一会儿不去看她吗？"

欧律狄刻来了，她的足伤还未痊愈，走路还是一瘸一拐的。普路同对她说道："现在，你可以跟你丈夫回到人间了。"

殴律狄刻心里非常高兴，以为俄耳甫斯一见了她，立刻要跑过去紧抱着她，致热切的慰问。但是，当她望了立在左近的俄耳甫斯一眼时，她的心立刻变成冰冷了，因为他立在那里，一步不动，转过了眼光，再也不肯瞥看她一下。她叫道："俄耳甫斯！"他并不回转脸来，答道："欧律狄刻！你现在跟我同回人间吧！"于是他的手执住了她的手，两人同走出大厅，他还是不肯对她看，脸上似乎很冷峻；欧律狄刻的心里更觉得不高兴。他们经过地府的门，三首的狗还不曾醒过来。他们走到了史特克斯河，招呼察龙将船划拢来渡他们过去。察龙见他们两人同渡，不禁微露笑容说道："你竟复得你的妻了！"他们过了河，便向上朝人间而行；这条向上的路，很艰于跋涉。俄耳甫斯怕停留在地府太久，要发生意外的变化，便催促欧律狄刻快走。他的脸仍不敢朝她一望；他先前想不到这个条件是这样的酷刻！他心里渴欲见见她的脸，愈早愈好，而她则足伤未愈，只能一瘸一拐地勉力跟着。这样，他的心愈益焦急，而她的心愈益疑惑悲苦。他赶路太匆促了，后来竟放松了她的手，头也不回地独自向前，只连声催她赶快追来。

这时候，她再也忍受不住了！她想："他为何这样忍心，竟离开了我独自去呢？他的话又少又冷，且竟不向我一望！这是什么意思！难道我的样子变更了吗？难道我已经是丑妇了吗？"她愈想愈怒便叫道："你独自去吧！不必带我回到世间了！你如今不再爱我了，连看我一看也不肯。我即到了世间，还有什么快乐呢？"欧律狄刻又嗔又疑地停住不走了。俄耳甫斯心里愈急，只是叫她快走，她却偏不肯走。而他的脸仍不回转来，他的眼光仍避开了她。她恳求道："只要看我一下我便心满意足了！我的爱人！"他不敢回望；他灰心失望于无法劝慰她。她懒懒地又跟他走去，哭泣着，嗔怪着，恳求着；她的心悲苦到不能忍受的地步。这时候，前面已经隐隐有辉煌的日光了，鸟雀的啾唧，似乎也约略可以听见。俄耳甫斯说道："欧律狄刻，快走几步，便可到世间了！"欧律狄刻怒喊道："不，我不愿意回到世间！你连望也不望我一下呢！"她又立住了。他的心软化了，不自禁地回过头去，双手搂抱她在胸前，眼馋馋地凝视她的脸——然而，唉！他所抱的是什么——是一团灰白的影子，隐约像他的妻的影子，而这影子瞬即滑出他的臂抱，消失在远处了；只听见，远远的，欧律狄刻凄楚地叫道："俄耳甫斯！俄耳甫斯！"以后，便寂然了。她又回到地府；他第二次失去他的欧律狄刻了。

爱人的第二次失去，其痛苦实出于他所能忍受的范围之外。前面是日光辉煌，繁花缀树的人间，然而他不愿意去；他自怨自艾，自悔自恨，他要复回地府去。他懒懒地回到史特克斯河旁，倒提着金琴，再没有力量拨弦歌唱。察龙见了他，不再让他渡河，任他怎样恳求，都坚决地回绝了他。察龙说："命运所弃的人我不能帮助他。"俄耳甫斯就坐在河边七天七夜，一点东西也没有吃。他的脸色灰白了，身体瘦弱了，然而他不死。他不怕死，也许他还愿意死，然而他竟不死。于是他不得已复回到大地上去。他如今看大地也如地府一样的阴惨了；虽然太阳辉煌地照着，到处都是笑语，草柔花香，山明水秀，但在他看来，甚至较地府更为阴惨，因为在地府还有欧律狄刻为伴，而这里却只是他一个人。

后来，他在大地上漫游了许久，还曾伴了伊阿宋（Jason）
去寻求金羊毛。最后，他因为屡次拒绝妇人的求爱，有一天，
被她们杀死支解了。这在他并不懊悔，因为他知道现在他可
以与欧律狄刻相见，察龙再不能拒绝他渡河了。我们想，他
这一次一定在黑暗的地府中找到了欧律狄刻，再不怕失去，
再不会分离的了。

白比丽丝泉

　　绿沉沉的林荫下，有一块孤岩耸出地面，上面长满青苔，终年湿漉漉的不绝滴水，因此，岩下成了一道清泉，明澈无比；白日里，水中反映着蓝天，白云，树影，以及偶来饮水的美鹿，过往的在此掬水而饮的倦客，更有林中仙女，也到这里来顾影自怜；到了夜间，满天的繁星，伴着缺月或圆月，也在水中现出她们的绝端幽隽的面目来；而绚丽的晚霞，又给这清泉加上金紫辉煌的彩影，泪珠似的小雨点更使泉面起跳跃不定的圆痕。这个清泉名白比丽丝（Byblis）。凡知道白比丽丝这个名字的，无不知下面一段悲剧的故事。这故事在克里特百多个城市的人们口中传说着，传说了无数的年代，莫不引以为不法恋爱的女郎的鉴诫。

　　白比丽丝有一个孪生的兄弟卡纳斯（Counus），她心里蕴着一种爱她兄弟的热情。她爱他，并不因为他是她的兄弟，也不用姊姊的爱去爱他。当然，在起初她自己不觉察心里已燃着恋爱的火；她常常吻他，拥抱他，也不以为是一件不道德的事。她好久为姊弟的爱欺蒙着；但姊弟爱却渐渐变为恋爱了。她见他时，总打扮得格外俏丽；她不能一刻不见他的面；如果有一个女郎在他看来似比她更美，她便妒忌这个女郎；她见别的女部偶然同他谈话，也便觉得很不舒适。但在这时，在友爱与恋爱之间，她还没有一种清楚的辨别；她不觉得有欲望，她不追求恋爱的快乐；然而隐藏在她心中的火种却在暗地里延烧着。她称呼他为她的主，不欢喜称他为兄弟；也不要他称她为姊姊，只要他叫她白比丽丝。

然而这时候，她仍竭力抑制她的热情：白天里，她很能守礼节，不容心里染着这种不清洁不道德的妄想；但每当她入睡时，恋爱的幻象便时时显现：她恍惚被紧抱在兄弟的怀中，虽然是在沉睡，脸上也不禁起了一阵红潮。当第二天醒来时，她还懒懒地躺在床上，追摹那甜蜜的梦境，久久不肯起身。最后，她心里自忏自悔地说道："唉，我真是一个歹人！这个怪梦是什么意思呢？唉，但是我愿意这梦境成了真的！我为什么会有种妄梦呢？他确是翩翩美少年，即在恨他妒他的人看来，也不能不说他是美貌，非常讨人欢喜。如果他不是我的弟弟，我真要爱上他了；他是值得我爱的，然而不幸我却是他的姊姊。我在清醒之时，一点也不见有这种妄念，可是睡眠总带了这样的梦给我！梦中的事没有人知道，沉浸在想象的快乐里也不会有害处。唉，维纳斯和白翼的丘比特呀，你们晓得我那时是怎样的快乐呀！我的快乐和真情实境一样呀！那时候，我的心融化了！便回想起来也是甜蜜的！然而这不过是一种飞逝的愉快而已。

"唉，要是我能够改换了姓氏和你结婚，我将是你父亲怎样美好的一个媳妇，而你将是我父亲怎样美好的一个女婿呀！不幸我们却生在一家！唉，美貌的好人儿！我想，你不久便将成为别的女郎的丈夫，对于我，只是泛泛的姊弟之好而已。最可恨我们是同父所生的姊弟。我的梦到底有什么意思呢！——但幻梦有什么价值呢？究竟幻梦真有价值吗？神祇们禁止的！——不，便是神祇也有爱上他们姊姊的：萨杜恩娶了他的同胞奥甫丝（Ops）；俄刻阿诺斯娶了他的姊姊特西丝；如今俄林波斯山之主，也娶了他的姊姊约诺。但是神祇自有他们的法律，我为什么将凡人和神祇们相比呢？他们的习惯风俗都是不同的。我但愿我的热情能够因我自己的禁遏而消散，要是办不到，则愿在未曾倾泄出我的热情之前死去，安安静静地躺在我的床上，那时候，他将来吻我的唇；然而这事究竟要两人同意了才能实行！也许这在我觉得是喜悦，而在他看来却是一件罪恶。

"然而爱奥李台（Aeolidae）兄弟们不尝闯入他们姊妹们的幽闺中么！但我为何要知道这些事？要征引这些例子？我想到哪里去了呢？不洁的恋情呀，你离开了我吧，不要让我在姊弟的友爱之外，爱上了我的兄弟！然而如果他也先有意爱我，那么我便将对他的热情微笑了。那么，我且去就他吧，我是抵抗不住他的来就的！你能说出来吗？你能自己承认么？恋爱将压迫着我说：我能够的！要是羞耻封住了我的唇吻。我将用一封私信申诉我的秘藏着的爱情。"

她觉得这个办法很好，于是不定的心便决断了下来。她从床上坐起来，左腕靠在床上，说道："叫他看见：让我们承认我们的狂爱！唉，我呀！我走到哪里去了呢？我心里感到的是怎样热烈的爱呢！"她右手执一支笔，左手执一片空白的蜡板，想把她所想的用颤抖的手写出来。她写了几个字，迟疑了一会，重又写下去；一面写，一面不满意所写的话，就从事修改；她忽而责备，她忽而赞许，忽而决心把蜡板放下，忽而又把它拿起。她不知道怎么办才好；在临到实行的当儿，她又决心反抗做这件事。她的脸上，错杂着羞涩与勇毅的表情。她开头写上了"姊姊"二字，但一转念决意把这二字改过，然后，在涂改过的蜡板上写着下面的话：

"一个爱你的人祝你健康，你如果不回答她也不要紧。唉，她羞于说出她的姓名。如果你要知道我所希求的是什么，我愿意在说出心事时是一个无名者，直到我的愿望确可达到时，方才说出我是白比丽丝。如果你肯注意的话，你从我灰白失色的脸面，从我眼里常溢着的眼泪，从我无缘无故的叹息，从我常常的拥抱你吻你，当可知道我的痛苦的心，当可知道这些是超出于姊爱之上的。然而，我的心虽十分扰乱，虽充满了热情，我却曾竭尽我的力量——神祇们是我的证人——要把我自己弄清醒来。我真不幸，我和恋爱的残酷的力决战了好久，想逃出它的掌握，我已忍受了甚于你所设想的一个女郎所能忍受的苦楚。如今实在不能再忍受下去了，不得不供出我的恋爱，怯懦地祷求着，要求你的帮助。因为只有你一个人能够拯救你的爱人，也只有你一个人能够毁灭她。二者之间，请你选择吧。总之，向你祷求的不是你的敌人，乃是一个最亲近你的人，她所要求于你的乃是更亲切的结合。让他们老年人去明白什么是正当的，什么是合理的，什么是对的，什么是错的；让他们去保存法律的美好的区别。在我们的年龄，对于恋爱，是不顾一切的。我们还不曾发见什么是允许我们这样办的，却相信一切事都是可得允许的；我们做这事，不过依从神祇们的前例而已。你和我并没有严厉的父亲，可以不管什么名誉，也不怕有人禁阻我们。然而在弟弟姊姊的美名之下，我们也许要隐藏了我们的偷窃的恋爱；这也许是所以害怕的原因。我有完全的自由可以和你私谈；我们可以在公众之前拥抱接吻，还有什么不满足的？你要怜悯这个向你供出她的爱情的人，她如果不为绝顶的热爱所压迫，也决不会供出来的；不要让我在这蜡板上加上一句，我为你之故而死。"

当她写下这些失望的话时，蜡板已经满了；最后的一行，已经写到了板边。她用眼泪润湿了印章——因为她的舌头已经干枯了——印上蜡板。然后，她脸上灼烧得红红的，娇娇怯怯地叫一个仆人来到面前，说道："把这蜡板拿到我的……"经过了长久的沉默，才接上说，"兄弟那里去。"在授受的当儿，蜡板滑落到地上，这是个不利的兆头，她很觉得怕，但终于决定送去。送信的仆人等到一个适当的时机便把信呈上卡纳斯。卡纳斯执起蜡板，仅读到一半，便大怒起来，把板抛在地上；他几乎要用手把仆人颤抖的喉头扼住，叫道："你能够逃，快些逃吧，你这不法恋爱的鼓动者！你的运命如果不包含我们自己的不名誉，你将因此而受到死刑了。"仆人恐怖地飞奔回去，将所见的报告他的女主。白比丽丝一听见她的恋爱已被拒绝，脸面变得死灰色了，全身通过一阵冰冷的战栗。但当她的知觉回复时，她的狂爱又热烈地回复过来，声息微弱地说道："我活该受苦！我为什么要那么躁急将我的

希腊罗马神话与传说中的爱情故事

伤痕告诉他呢？我为什么那么匆促将应该隐藏的话都写在信板上呢？我应该先用迷惑的暗示探察他对我的意思；我应该先探察风向，慢一些把帆扯上，那么我的旅途便可遇到顺风，平安得多了。但现在我的帆已经张了起来，而所遇的却是意想不到的逆风；我的船如今是漂浮在大海之中了，我没有力量退回我的出发点了。

　　"不，当我把信交给仆人时，它由我手中落下，这清清楚楚是个不吉之兆，警告我不要供出我的爱情，并且明白告诉我说，我的希望不能达到的了。我的计划，我的实行计划的时期何不延迟一会儿呢？如果我不为恋爱所迷乱，神祇已经警告过我，哪有不能觉悟的呢？然而，我应该用自己的嘴唇去告诉他，我应该亲自把热情在他面前供出，不应该把我的内心信托那蜡板！这样他便可见我的眼泪，便可见他的爱人的面貌；而我也可诉说那么长的信都说不尽的话，我更可用双臂环抱他的不愿的白颈；如果那时被他拒绝了，我便可装出要寻死的样子，俯伏在地上，抱住他的脚，求他给我一条生路。如果这一件件的都不能感动他的心灵，我应该把这些伎俩全部使出；这些伎俩合并起来也许可以感动得他。也许送信去的仆人听错了话，也许仆人说的话不恰当，因此引起了他的忿怒；我想，这个蠢才必定选了一个不适合的时机，当时他心里正想着别的事，却把蜡板呈上去！

　　"所有这一切都使我不利。然而他不是一只猛虎的儿子，他的心不是铁石铸就的，他也不是母狮乳养长大的，他终将被我制服！我必须再到他那里去；我有一丝呼吸剩在躯体里时，我总不倦不息地试着做去。因为半途中止要想做的事，不如开始就不要去做。而如今我已经开始了，那么，其次的方法，就只有去赢得已经开始做的事。我现在虽可放弃了我的追求，然而他一定会永久忆念着我已经走到那么远的情事。正因我放弃之故，他将猜想我的欲望是无决心的，或者更猜想我不过要诱引他，陷他在网里。二者有一于此，他就决不会相信，我之为此，乃是受燃沸我心的爱压迫之故，他将疑心我仅只为了情欲而已。总之，我如今决不能放弃这已铸的错误。我已经写了信，且把自己许给他了；我这样做真是太鲁莽了，虽然并没有再进一步，在他眼中看来，我已是一个犯罪的人了。所以，以后的事给我希望者多，而无一件足以使我恐惧。"她这样的自己盘算着；她正在懊悔走错了一着棋子，同时却更想试走第二着。于是这可怜的女郎对她弟弟使尽了种种的伎俩，凡力所能及的无不使用到，然而一一被他拒绝了。最后，他见这事没有了结，他姊姊决不肯放松他，便逃出本国，躲避这可羞的结合。他在别一个地方，创造了一个新的城；此城即名为卡纳斯，在卡里亚（Caria）的西南部。

　　女郎知道她的弟弟逃走了之后，失去了一切的理性；她扯碎衣服，捶胸顿足，自怨自艾，她也离开本国，舍弃了可厌的家，追逐在她的弟弟之后。她像狂人似的追逐着，经过了卡里亚，经过了莱勒其斯（Leleges），经过了吕喀亚人（Lycians）的地方；她又经过克拉古斯（Cragus），经过里米尔（Limyre），经过克珊托斯（Xamthus）的河道，经过那个狮头蛇尾喷火的巨怪齐米娅（Chimaera）所住的山脊。她走过这个多林的山脊不远。最后，因倦疲之极，跌倒在地了；

希腊罗马神话与传说中的爱情故事

她的金黄色的美发如川流似的横散在黑泥上，她的娇嫩的脸埋伏在腐烂的落叶里。莱勒其斯的仙女们想用她们的柔臂扶她坐起来，想用种种言语去安慰她，并缝合她的伤裂的心。白比丽丝却躺在地上，默默无言，用手指玩弄着绿草，更用涌出来的眼泪灌溉着草地。据古代的传说，仙女们便给她永不枯干的泪水的源泉。正如西风起时，因寒冷而冻结的水珠，现在却为太阳所融化一样，白比丽丝也为她自己的眼泪所浸化，变成了一道明澈无比的清泉；至今还涓涓滴滴地流着，被称为白比丽丝泉。

仙女波莫娜

　　拉底安（Latian）森林中的仙女们，没有一个比波莫娜（Pomona）更娇艳的，也没有一个比她更精园艺的，所以她的名字便被称为波莫娜。她不到森林中去散步，也不到淙淙的流水边去徘徊，她只是注意她的果园，她的满缀果实的嘉树。她手里不执标枪，不执金琴，不执纺纱的工具，只执弯形的修树的剪钩。她用它割去那过多的繁枝废叶，砍去那怒伸出来的粗枝，或者在树皮上划开一条裂缝，插进一根别种植物的幼枝，使之接合而成新树。她决不让果林感到一点枯燥，汲了清泉，勤勤恳恳地按时灌溉。这便是她全副的精神所注处；这便是她的恋爱，她绝不曾想到维纳斯对于她有什么魔力；但是她也怕有什么鲁莽的男子对她肆行强暴，所以自闭于果园之中，一步不出，也不接见一个男子。一群少年的爱跳舞的萨蒂尔不是曾向她求过爱吗？浪漫的山林歌手们潘，角上结着松枝的，不是曾向她求过爱吗？童心未改的老年的西尔瓦纳斯（Silvanus）不是也曾向她求过爱吗？然而她

希腊罗马神话与传说中的爱情故事

一一地谢绝了。一位林中的神委托纳斯（Vertumuns）也来向她求爱；他比他们都年轻貌美，又比他们都专心，然而他的运道也不比他们好。唉，有多少次，他乔装一个粗野的农夫，携了一篮麦粒给她！他常常到她那里去，他的鬓角粘着几根新稻草，很容易被认为刚割了新稻来的。有时他手执一个牛轭，使人看来，像是刚才放牛犁田的。他又乔装采树叶者，采葡萄者，带着钩刀在手，或者肩负梯子，像一个采苹果的人。更有些时他乔装一个兵士，腰挂着刀；乔装一个渔夫，手执着钓竿。他这样打扮成各式各样的人，无非欲得常常见到她而已；见到她，心里便有无限的愉快。最后一次，他披着灰白的假发，身穿女服，手执拐杖，乔装一位老太婆而去。他一进这个果实累累的园，不绝口地赞许波莫娜的勤快，能干，更叹赏花木的美好。最后，他说道："然而你却比这些花木更美。"他壮了胆去吻她好几次，她也并不疑心，于是他坐在草地上，头顶上挂着无数熟了的美果，对面是一株高大的榆树，树上攀缘着葡萄藤，结满了晶莹的葡萄。他便找到谈话的材料了；他眼望着高树与葡萄很久，然后说道："如果这株榆树站在那里，没有葡萄为伴，那么除了绿叶之外，将一点用处也没有；而这株葡萄，如今是安稳地攀缘在榆树上面，如果它不这样地嫁给了榆树，那么将平躺在地上，一点果实也不会产生。这是个很好的例，你却不受它的感动，仍然拒绝结婚，不肯嫁给任何人。我明白你是要嫁的！虽然把这些求婚者关闭在门外，然而将有更多的人来求你；一切的半神，神和一切游于亚尔奔（Alban）山的精灵们都将来求你。你如果聪明一点的话，便应该听从我，在他们之中选择一个最好的丈夫。我是比别人格外爱你的，是的，我的爱你远过于你所相信的，你应该拒却一切平常人的恳求，允许嫁给委托纳斯。我可以给他担保；因为他的自知，还不如我知道他更深些。他并不游手好闲的遨游各处，他就住在邻近的地方；他又不像其余的求婚者一样，一遇到女人便爱。你将是他的第一个爱人，也将是他的末一个爱人；他将终身专诚地爱你，只爱你一人。你还得想想看，他又年轻，又貌美，又伶俐可爱，他还会随心所欲变化成种种的样子，你叫他做什么，他便会为你做去，即没有你的吩咐，他也会自动地做去。并且，你们的嗜好又相投，你专心栽植的果实，乃是他最欲得到的，他将用高高兴兴的手，来握你的收成的礼物。但他所希求的，不是你树上的果实，也不是你园中的美物，也不是一切别的东西，他所希求的乃是你，乃是惟一的你。你要怜恤那么爱你的人，相信这些话乃是他借了我的口而说出他的要求。你要留心恋爱不遂的人的复仇。我年龄已老，经事已多，我将为你说一段故事，使你知所戒惧；这个故事是库普洛斯地方都知道的，你听了之后，或者会把心肠软化了吧。

"身世并不高的少年伊菲斯（Iphis）有一次偶然遇见了一个骄贵的公主，古代条西的后人阿那克萨瑞忒（Anaxarete），立刻全身燃烧着爱火。他自知门第不配，想将她的印象驱出心外；然而过了些时，知道决不能用理性的力量来把热情制服，便到她的门前去乞求。他向她的乳母供诉他的不幸的爱情，求她不要峻拒，要为他通一言；他还向她的许多仆人之一，恳求为他说一句话；也常常写了信托他们带进去，更将花环挂在她门前，花朵都沾着他的热泪；他将温柔的身体躺

在她坚冷的门前石级上，对那紧闭的双门哀吁着。但是她却
比无情的海波还野蛮，比铁石还冷峻，始终不肯去理会他；
还呵斥他，讥笑他。在她无情的行为上，还加了许多侮蔑，
这使她的爱人绝望了。他不能再忍受这种痛苦与讥嘲，便在
门前向她哀诉最后一次的情话：'你赢了，阿那克萨瑞忒，你
将不再因我之故而烦恼了。祝贺你的愉快的胜利，歌颂你的
得胜的歌，藏一顶光耀的桂冠在你头上！因为你得胜了，我
便死了也是快乐的。来，快乐吧，你这铁心肠的人！诚然，
你不得不承认我的爱情有几分感动了你，你将供认对我的情
意。然而你要记住，我对于你的爱，仅和我的生命一同终止；
我必须同时损失两个光明。我的死，将不仅是一句达到你耳
中的传言；我将死在你的门前，你这残酷的眼光将亲见我
的无生的肢体。但是，天上的诸神，唉，你们如果看得到我
们凡人所做的事，请你们记住我——我的舌头不能再多祈祷
了——将我的故事传给后人吧！'他声诉着，泪随声下，而
门内静悄悄的一点回声也没有。他抬起泪眼，举起苍白的手
臂，到他一向挂花环的门前，在最后一根柱上，结了一条绳
子。他说道：'这个花环使你愉快吗，残酷的女郎？'于是他
将头颈伸入活结中，即在临死时，他的脸仍向着门内。这个
热情的爱人便这样一无生气地挂在那里，他不自禁而乱动的
双足敲着两扇大门。这声音似乎有点不祥，于是仆人们便将
大门开了，看见他吊在那里。他们惊怖地叫起来，待把他解
下来，他已经死了。他们便将他的尸身送到他母亲家里——
他父亲早已死了。她悲苦万状地拥抱他冰冷的身体，哭着，
骂着，以后，便将尸体送上了火葬堆。阿那克萨瑞忒的家恰

临近丧车经过的街道，当哀哭声传到那狠心肠的女郎耳中时，她说道：'我们且去观这哀哭的葬仪。'她上了楼，倚在窗口下望。她的眼光一射到躺在丧车里的伊菲斯的身上，便钉住了似的移不开了；她苍白的身体中不复有热血。她想离开窗口，然而双足也钉着在那里了，半步也移不动。她想转过脸面，而她的头也已钉着在颈上了；渐渐的，她便变成了一座石像，其坚冷正如她的原来的心。你不要以为这个故事是假造的，至今萨拉密人（Salamis）还藏着一座石像，这石像便是她变成的。我求你想到这些事，亲爱的仙女，抛开了你的傲慢，来感应你的爱人。如此，则晚春时候将投有严霜来毁败你的发芽的果树，而果树开花时，也没有狂风暴雨来打落它们的花瓣了。"

这个乔装着老太婆的神这样劝说着时，她还是默默无言。于是他脱卸了乔装的老形，回复他的青春和美貌，他和女郎面对面站着。正如太阳辉煌的脸，制服了对面的云片，光亮地照射着，云片绝不能蒙翳他的光彩。他正欲力逼她允诺，但是这时已无须再用强力了；仙女为这位神的美貌所感动，已经燃起了一段恋情来应和他了。

希腊罗马神话与传说中的爱情故事

那耳喀索斯

　　刻菲索斯（Cephisus）娶了李丽奥卜（Liriope），生一子名那耳喀索斯（Nacissus）。那耳喀索斯出世后，他父母去访问神巫，要他预示这孩子将来的运命。神巫答道，他如果不知道自己的美貌，寿命便可绵长。光阴很快的过去，那耳喀索斯十六岁了，他离开了孩童时代，而入于蓓蕾初放的成人期。许多美貌的少年和美貌的女郎都要来和他亲近，但他自负俊秀，这些少年和女郎竟没有一个能够感动他冷漠的心的。厄科是一个喋喋多言的仙女，当别人谈话时，每喜搀入发言。这时候，她受了约诺的责罚，已经不能自由谈话，喋喋的口舌已无所用，只能复述别人所说的最后一句话了。当约诺要去窥伺被抱在她丈夫朱必特怀中的仙女时，厄科却和她刺刺地谈个不休，因此使仙女得以乘机脱逃。约诺发现了这事，嗔怒地责备她道："你这常常哄骗我的舌头，自此将失去效用，只能回答所听见的最后的话。"自此以后，厄科虽仍喋喋多言，却永不能发表自己的意见了。这时，那耳喀索斯正在林中张网捕鹿，厄科偶然窥见了他。她惑于他的美貌，偷偷地跟在他后面，在无路的深林中走着；她多走一步，热情便增进一分，正如撒在火炬上的琉璜，接触了一支细烛的火焰，便熊熊地大放光明。她心里时时想轻柔地向他倾诉爱情，用机变和美丽的话赢得他的心，然而"自然"却不容她发言；她像缄口的金人似的，永不能自己先开口。她只能等待他先说话，然后反应他的语声。有一次，这少年离开了他的同伴，独自在深林中步行，他叫道："有什么人在这里？"厄科便乘机答道："在这里。"他很诧异，四望不见有人，又高声叫道："来。"她也高叫道："来。"他回头一望，仍不见有人，又说道："你为什么避了我？"厄科也答道："你为什么避了我？"他定要看见这说话的人，便又叫道："我们在这里相会吧。"这句话使厄科的心喜悦得扑扑急跳着，她微声答道："在这里相会吧。"她说着，便从林中奔了出来，即欲将白臂环抱他的无人不爱抱的美颈。他倒退了几步，叫道："你的手臂不要这样地来抱我，我如果受你的爱，我还不如早死好。"她勉强地说了一句："我还不如早死好。"便逃入林中，脸羞得通红，只好藏在叶丛中，久久不敢见人。自此以后，她便孤孤独独地住在深洞中；然而她的恋爱却仍留存着，她的热情因被拒绝反而更炽盛了，她的可怜的身体因此渐渐的消瘦了，全身的血液与肌肉都飞散在空中，只剩下声音和皮骨，她的声音至今仍可听见；她的骨头则化而为石。她不再为人所见，只有声音还存在，总是复述人们的最后一句话。

他这样无情地拒却了她，同样地拒却了一切山中水中的仙女，以及一切美貌的少年。有几个被他拒却的人便举手向

天，怨苦地诅咒道："但愿他坠入恋爱，却永得不到恋爱的
对象。"女神娜美西丝（Nemesis）听见了这个祷告，便允许
了他们。

有一个银色的清泉，莹洁如水晶；山中的牧童，放牧在
草场上的牛羊，都不曾污沾过这个泉水；也不曾有一只飞鸟，
一只野兽，或者由树上落下的一根枯枝一张败叶搅乱过这个
水面；泉的四周满铺着芊芊的细草，还有一座森林站在泉边，
遮蔽了太阳的光热。那耳喀索斯有一天在烈日中打猎，又倦
又热，便到泉边来，躺在绿草上面，对于这个清莹的泉水和
幽静的风光，他沉醉了。因为口渴，用手掬一口水来喝，接
着又掬第二口水；这当儿，他照见自己映在水里的影子，心
里十分喜悦，竟和这个影子发生了恋爱，他不知这是自己的
面影，只以为是水中的美人在向他窥望。他不言不动地凝望
着这影子，有如一尊云石刻成的雕像。他看见自己两颗明星
似的熠熠发亮的眼睛，还看见自己可以使巴克科斯醉心的俊
俏身体，还看见自己的如泉水淙淙下泻的美发，以及红润的
双颊，象牙似的颈，不大不小的嘴，红中透白，白中微晕着
红的娇秀可爱的脸；他赞赏自己曾被别人赞赏过的一切美好
之处。他不悟被赞赏者即是赞赏者，被追求者即是追求者，
被恋爱者即是恋爱者。他常常去吻那水中的红唇；他的唇移
近了，水中的红唇也向他移近了，他的眼闪耀着晶莹的情爱
的光，而水中的双眼也似含着同一的渴望；然而两唇刚要接
合时，他只触着冰冷的清泉，静水动荡起了几层涟漪，那影
子就消失了。他常常将白臂伸到水面，要去拥抱水中的雪颈，
见水中也有一双白臂向他伸来，他心里急跳着，热烈地向水

中的雪颈抱去；手臂浸入凉水之中，冰凉的感觉通过全身；水波连连的动荡着，那影子又消失了。然而他盲无所知，正惟求之不得，而追求愈切。唉，美好的少年，你为何这样的要去捉住那不可捉摸的幻像呢？你所求的是必不可得的，你所爱的是转了脸便消失的；你所见的不过是反映出来的影子，不是真实的东西；它来了，和你在一处了，如果你一移动，它便消逝不见了。

他这样的流连在泉边，不思食也不肯休息；双眼凝望着水中的幻影，不觉疲倦。后来，他站起身来，伸出双手，对周围的林木说道："林木们啊，你们曾见有人比我更不幸的恋爱着的么？你们站在这里经历年代很久了，能记得有谁曾这样相思憔悴的吗？我喜欢他，我看得见他，然而得不到他；情人是这样奇异的被哄骗了。更使我忧苦的，我们并不是遥隔大海，千里迢迢，也没有山川阻绝，也没有墙门障蔽，使我们不能见面，只这一片浅水，阻绝我们的拥抱。他是愿意被抱在我的臂间的；只要看每当我向清泉吻他时，他也把红唇献给我。只是那么浅的一片水，却使情人们不能相会。你到底是谁，请从水中升到这里来。你为什么哄骗着我呢？当我追求你时你躲到哪里去呢？我的容貌，我的青春，应该会得到你的爱怜；就是仙女们也都追求着我，迷恋着我呢。你用亲切的眼光来激动我的希望；当我伸出手臂时，你也伸出你的；当我微笑时，你也报我以微笑；当我哭泣时，泪点也从你的眼中落下；我对你点头时，你也对我点头；而我见你的美嘴开阖着对我说话时，为什么却永不能听见你的声音？唉，现有我明白了，这就是我自己，这幻影再也不能哄骗我

希腊罗马神话与传说中的爱情故事

了。我燃灼着对于自己的爱情，使我自己受苦。我将怎么办呢？我将招呼他或将被招呼呢？我将要求些什么？我已经具有我所要求的了，太多的东西反而使我贫乏。唉，我但愿我能离开我自己的身体。现在悲愁夺去了我的力量，我余下的生命也不久了；我在青春灿烂时便死，这并不是一种不幸，反倒是我的一切悲哀的结局。我但愿我所爱的他能够存在；但是，唉，他的运命却和我不能分离！"他说着，仍为致命的热情所诱引，又凝眸望着泉面的影子，热泪扑簌簌地落下，水面连连为泪点所动荡，他的影子又模糊了。他哀叫道："你逃到哪里去？停住，我求你，不要残酷地抛弃了你的情人；且让我依旧看见我所不能接触的情人，且让我依旧燃着摧灭自己的情火。"他悲戚不已，脱下了上身的衣服，用白如冬雪的手掌捶打自己的胸膛。洁白的胸膛起了红痕，如苹果在光耀的白色中现出新艳的红彩，如未全熟的葡萄，在半黄的晶串上现出一半的红润；他见到了这个胸膛，再也不能忍受那双重的热情了；正如黄蜡，在炎热中酥融。正如清露被朝阳所化，他为爱情所消损了，渐渐的在隐火之下消灭。他不再有红白和润的可爱气色了，他不再有力量，青春，美貌了，他也不再有俊美的身体了。

厄科躲在附近的林中，听这不幸的少年连连叹息道："唉！"她也连连反应道："唉！"少年用手啪啪地捶着胸，她也反应着捶声。他的双眼仍旧凝望着清泉，说他最后的话道："唉，不得爱的少年！"她也说道："唉，不得爱的少年！"他叫道："再会。"厄科也紧跟着他的声音叫道："再会。"

他轻轻地倒在地上了，他的头枕在柔草上，黑夜永久封闭了那双自己赞赏的眼睛。他到了地府时，他的双眼还在史特克斯河的黑水里凝望自己的影子呢。水中仙女们为他举哀，割下美发，放在他的墓上，厄科也反应着她们的哭声。她们预备了一个火葬堆，火炬，还有尸床；但是他的尸身却不知到哪里去了，再也寻找不见。她们在他死去的地方，看见一朵黄色的花，四周绕着白叶，斜生在晶莹的清泉上面，水中清晰地映出它的美影，至今这些花朵也还都斜生在清池之旁，临流映照它的美影呢。

柏绿克丽丝的标枪

在山明水秀的阿提刻（Attica），美貌的女郎极多，其中最美的却是国王厄瑞克透斯（Erechtheus）的女儿柏绿克丽丝（Procris）。她是国王心中的至宝，国王别无所出，仅生她一个。国人也没有一个不敬爱她。这不仅由于她的美貌；她的性格的温柔和善，似较她的美貌尤足感人。无论是谁，凡见到她美丽而和蔼可亲的脸，凡听到她银铃似的声音，无不心喜意怡。她坐在织机上忙着织布时，常常歌唱自娱，听到她歌声的人都不禁停步不行，立在门外静听。和她同住的女郎们，同她一同出外洗涤衣服，汲取泉水的时候，她们便也很高兴。她做完了应做的工作，便在山野中漫游着，每喜走到危崖深林之处，静立在那里，对着夕阳，送它没入海中。阿提刻所有的地方，几乎没有一处不为柏绿克丽丝所游到。她有时倒身在最高的山巅，卧看白云驰过蓝空，有时坐在溪边的石上，手托着腮，静听水石相激的玎琤的清音。她这样的快快活活地过着日子，一点思虑也没有；她使每个人都愉悦，同时她自己也愉悦。不过，每个人都赞许她的美貌，她却不以美貌自傲，每个人都称颂她的温柔的性格，她也从不觉得她有什么过人之处。她的国人，无论老幼，无论贫富，都异口同声地说，公主柏绿克丽丝比朝阳未上时的清露还晶莹美丽，比连朝严寒后忽布金光的冬日还和煦可爱。

有一次，黎明女神厄洛斯刚刚射出玫瑰色的光明于天空，柏绿克丽丝上了希米托斯山（Hymethus）的绝顶，凝望着金黄色的光明所笼罩的和她的眼一般莹蓝的海水。她看见远处有一只船，布帆鼓满了晨风，正飞快地向希米托斯山下的海岸驶来。不久，这船便靠了岸。她看见一个人由船中跳上了岸，爬上山峰，正向她走来，其余的人则都在岸边休息。这个人走近她时，她才看得清楚，他是一个少年，容貌异常的秀美。柏绿克丽丝心中暗想，她从来不曾见过那么美好的男子。她曾听见人说过，天上的神，有时下降世间，混迹于凡人之中；更有又美秀又勇敢的英雄，在各处浪游，做出各种的奇迹异行。当这个生客走近她时，太阳已经高高地升在中天，蔚蓝的天空里，一片薄云也没有；太阳光照在他脸上，使他益增秀美，简直不像一个凡人。他温和有礼地向她走来，说道："小姐，我是从很远的东方来的。当我的船驶近这岸时，我见山顶上有人立着，所以我连忙上了岸，我要知道我所到的国是什么名字。我名为西发洛斯（Cephalus），我的父亲希里奥斯（Helios），住在海外美丽的宫中；我却离了家，意欲周游各处，遍历名山大城。请你告诉我你的名字和这个风景明媚的地方的名字。"于是她答道："客人，我的名字是柏绿克丽丝，我父亲是这里的国王，他住在前面雅典城里。"于是柏绿克丽丝领了客人到她父亲宫中。他招待西发洛斯很好，立命设宴款客。当喝够了红艳的酒时，国王再三注视西发洛斯，心想，他必是一位英雄，他的美貌，除了他自己的女儿柏绿克丽丝之外，没有别人可以比得上。

西发洛斯逗留在国王厄瑞克透斯宫中很久，绝不言去，他显然为柏绿克丽丝的美貌所吸引了。他多住一天，他的恋爱便更深一天；在他的眼中，柏绿克丽丝似乎一天天的更加美丽，更加可爱。最后，西发洛斯鼓起勇气向她求婚，国王便把她给他为妻。婚礼之显赫不必细说。自结婚后，两人相爱之真切，超过世上一切的夫妇。

他们结婚了两月之后，有一天清晨，西发洛斯正在山中，布置猎网，要捕捉美角的鹿，黎明女神厄洛斯这时也正在繁花如锦的希米托斯山巅，驱赶着黑夜，她一见到西发洛斯，便把他带走了，完全违反了他的志愿。他对这位金光四射的女神说道："请女神恕我万死，我不能不说出我的真心话；虽然你是一位天上的女神，饮着琼浆玉液，你的执掌是区分昼夜，你的双颊照耀着玫瑰似的红光，你的美貌人世无匹，然而我所爱的只有柏绿克丽丝一人，柏绿克丽丝永在我的心里，柏绿克丽丝永在我的口上。我永不忘怀我们温馨的恋情，柔美的快乐，以及我们结合的那一天。"黎明女神厄洛斯闻言，不禁又恼又恨，便嗔道："不必再多说了，你这不知感激的孩子！你且去守护着你的柏绿克丽丝吧！不过，如果我的心是能预知未来的话，你是决不会永久保有她的。"于是她含怒地遣他复回家中。

当他回家之后，他心里总忘不了那位女神给他的警告；

心中的疑惧似乎生了根，再也拂拭不去，虽然他也渴想把这些无谓的疑惧扫除个干净。他怕的是他的妻将不遵守她的婚誓。每当他沉醉于她的青春和美貌之时，他便不自禁地想道："她这样的美貌，或将为别的少年所恋慕，因而引诱她使不忠于我吧。"然而当他觉到她的又温柔，又贞静的行为，又专一，又恳挚的爱情时，他又不禁自愧他这种疑惧太无因由。然而"疑惧"在他心里终于骚扰不已；并且，恋人的心情总是格外锐敏，格外猜忌的；他便决定悄悄地离开她，不告诉她一言半语，以便试验她的贞操。

他忧闷地离开了家；比他更忧闷的却是他的妻柏绿克丽丝。经过了许多天，许多星期，许多月，西发洛斯去得无影无踪。柏绿克丽丝坐在父亲宫中悲哭着，每日以眼泪洗面。后来，她的脸色憔悴了，她的双眼朦胧了，她的语声枯涩，失去了从前的快乐了。她一天一天地在国内寻找西发洛斯，她一天一天地走上希米托斯山的极峰，眼望着绿海，自言自语道："他总有一天要归来的！唉，西发洛斯呀！"她这样心碎地独坐着；没有一个人不怜恤她。她父亲这时已经很老了，而且多病，自知不久于人世，但他最感哀苦的还是他女儿的孤独悲伤；如果西发洛斯在此，她还可以有一点安慰，他偏又不告而辞！不久，国王厄瑞克透斯死了，柏绿克丽丝孤独地住在宫中，忧伤更深，然而她还盼望着西发洛斯的归来。又是许多天，许多星期，许多月过去了，西发洛斯还是了无音信。最后，她觉得西发洛斯不会再来了；她除了也到父亲所住的乐园，再不会快乐的了。因为希望断绝，她的心反倒宁静得多。她漫游从前曾和西发洛斯同游的各个地方；

希腊罗马神话与传说中的爱情故事

每到一个地方，便坐在那里温理已失的快乐。有一天清晨的时候，柏绿克丽丝憩坐在希米托斯山的东面的山坡上，忽见一个人由山下向她走来，他的衣服非她所习见的，但当他走上山时，她认识他的高高的身躯与轻健的足步。他越走越近；她觉得如在一个梦境中。她一见他的脸和双眼，就仿佛回到了过去的时光里。她跳了起来，向他奔去，说道："呵，西发洛斯，你终于归来了！你为什么抛弃了我那么长久呢？"但这个客人却和声地答道——因为他见她如此的忧郁："太太，你认错了一个人了。我是一个客人，由远方来的，我想知道这个地方的名字。"柏绿克丽丝看他的脸似乎又有几分不大像西发洛斯处——女神厄洛斯使他的脸变了一点样子，于是她又坐下来，眼光凝涩地望着地上的绿草，徐徐说道："这真奇怪，变了，然而我不能说出怎样的变了，但声音却宛然是西发洛斯的。"于是她转脸向客人说道："唉，客人！我一心想着西发洛斯，我爱他，却又失去了他；他也是从东方的一个远国里来的。你认识他吗？你能够告诉我到哪里去找到他么？"客人答道："我认识他，太太。他如今回到他的本国去了，这个地方远着呢，你是去不了的。然而你可不必再去想他了，他早已忘记了你的爱了。"柏绿克丽丝绝望地眼望着晴空，眼中的泪水不自禁地沾湿了脸颊。这位乔装的客人，见了她可怜的样子，几乎把持不住他的决心，也要陪她落下泪来，并且告诉她道："你的西发洛斯就在你面前，他并没有忘记了你呢。"几乎要抱住了她，温存地安慰她一顿。然而，在这时，却似乎有一种无形的魔力禁止他这样做。他呆立了一会，然后用第三者的口吻，低声下气地说了许多安慰她的话，于是她的悲楚觉得减少了些。自此之后，他便逗留在这个地方不走；柏绿克丽丝也很喜欢看见他，因为她要听见他的语音，她要看见他的温柔的眼光与态度。当她和他并坐听他的闲谈时，她幻想她的西发洛斯已经归来，又和她同坐在一处。她心中自思道："远处的东方到底是一个什么样的地方呢？如何出了两个那么相同的美貌英雄呢？"

他天天和她在一处，用温柔可喜的话来解慰她的悲闷。不久，他便对她倾泄相爱之忱。柏绿克丽丝自思，她也未尝不可爱他；西发洛斯不是无端地抛弃了她吗？不是去后久无音信么？一天他说道："柏绿克丽丝，你不能放下了爱西发洛斯的心来爱我吗？"她不自持地轻轻答道："可以的。"正在这时，客人的脸忽然变换了一个样子，她看得清清楚楚，这抱她在臂间的正就是西发洛斯。她狂叫了一声，推开了他，苦泪流满了双颊；她说道："唉，西发洛斯，西发洛斯，你为什么忍心做这样的事？所有我的爱都是你的；而你却驱迫我去做坏事。"于是不等他的回答，便尽力地逃了开去。她逃到海边，吩咐百姓们替她预备一只船，离开了自己的国。他们带她到了克里特去。这里西发洛斯呆立着不动，似乎成了石像；等到他回复知觉，要追柏绿克丽丝回来时，她早已不见踪影了。他悲痛地独立在绿坡上，深悔自己无端铸了一个大错。过了几天，他想念她的心益发炽盛了，他便也如她之寻他似的，漫游各地去寻她。这时，她心碎望绝，恨不早死，一切世间的快乐，天然的美景都不足以暂展她的愁眉。有一天，她独坐山坡上，狄爱娜正在打猎，知道了她的事，异常怜恤她，便送给她一只世间无比的猎狗，一支百发百中的标枪，叫她以打猎自娱。西发洛斯在阿提刻寻她不见，便又到别处去寻。一天，刚好到了克里特，遇见她在打猎，便欣喜欲狂地直向她奔去；然而她只是躲避他。西发洛斯叫道："唉，我的柏绿克丽丝，你使我找得好苦！我不该无端给你苦吃，我自悔已经太迟了！然而我应受的苦也咀嚼得够了！我的柏绿克丽丝，到我的胸前来吧！请你饶恕了我的一切罪过吧！我们将不再分离，我们将永久快乐！"他说着，热泪淌了一脸，伸出双臂，向她走去。柏绿克丽丝站着不动，然而她眼中也闪耀着泪花了。他走近了，紧紧地，紧紧地抱住了她。她到这时，再也不能自持了，便也倚在他身上，一手回抱了他；他们接了一次极长极热的吻。

于是他们乘了船，又回到阿提刻来。自经这一番波折，二人相爱更切，几乎形影相并，行坐不离；他们的暂离，只有在西发洛斯出外打猎的时候。她把猎狗和标枪送给了他，供他追猎野兽之用。他们互誓不再有什么离别，不再有什么猜忌；他们如投入过一个大熔炉一样，两个灵魂，两个心已经融合为一个了。谁都相信他们会永久相爱，直到末日的末一刻。假如大神宙斯降到凡间来向柏绿克丽丝求爱，她一定要拒绝他的；假如有别的美妇人，或者厄洛斯再来，不，即使是美神维纳斯来，向他引诱献媚，也决不能引动他已与她融化为一的心。

每天清晨，黎明女神厄洛斯在天空飞过，不休息地驱赶着黑夜时，总不自禁地要放慢她的马匹，用又怨又嗔的金色眼光，投向西发洛斯所在的地方。然而他却浑忘了她的爱，浑忘了她所说的警告。

每天清晨，当厄洛斯走过了天空，太阳的金光正与最高的青峰吻着时，西发洛斯总要到森林中去打猎；虽然他一刻也不能离开他的妻，然而这少年人好猎的热诚竟使他暂时离开她。他每出打猎，并不带领从人，也不和朋友同去，也不用马匹，也不用嗅觉灵敏的猎狗，也不带什么猎网；他有百发百中的标枪在手，有了这枝标枪，便不怕什么猛兽，也不怕被猎的兽类从他手下脱逃。

每当他的手染满了野兽的血，他觉得猎获物足够了时，他总要择一个凉爽的树荫休息。一阵阵的清飕由荫谷中向他吹来；他奔跑得满身是汗，正渴望凉飕的吹拂。在树荫下，在微飕中，他的热汗渐干了，他的喘息渐止了；他在那里得到最愉快的休息。于是他满心高兴地叫道："来，奥拉（Aura），来安慰我；来到我的胸前，最欢迎的人儿，只有你，才能解除我发烧似的火热。"这是他常常独自说着的话。有时，更热烈的——似乎运命故意播弄他的——叫着："你是我最大的快乐；你安慰我，给我以愉快，你使我更爱森林与荫凉之地。我永久爱悦你的呼吸吹拂在我的脸上。"

他每次在林荫底下憩息时，总要这样地叫唤着。有几个猎人，偶然听见了他这种亲昵异常的呼唤，觉得非常诧异。他们第二次又听到时，便决定他所唤的必是一个女子，名为奥拉；他们相信，他必定在森林中和什么仙女发生恋爱了。他们不能保守这个新奇的秘密，便有一个人鲁莽地跑去告诉他的妻柏绿克丽丝，说他有不忠的嫌疑，并转述他在林中所呼唤的话。恋爱本是一个轻信的东西，无论怎样相信的一对恋人，也决不能不为浮言所动，何况报告的人又说得如此的既真且确。柏绿克丽丝突然为痛苦所击打，晕倒在地上了。她慢慢的苏醒过来，相信这事是全真。她悲怨她的运命的残酷，她责骂他的不忠，她诅咒那个幻想中的情敌。不过，她在悲戚之际，还有点疑惑，有点希望；疑惑是她所听到的或者不真，希望是她丈夫爱她这样真切，似乎不至再和别人恋爱。于是她鼓起勇气，否认这个故事，除非她亲自目睹耳闻，她决不相信她丈夫会犯这个罪过。第三天，黎明赶走了黑夜之后，西发洛斯照旧别了他的妻到森林中去打猎。当他猎获得心足时，便躺在林荫底下的草地上，如常地叫道："来，奥拉，来安慰我的辛苦……"当他正唤着时，突然的，似乎听见了一声呻吟，他还茫然无知地叫唤道："来，最亲爱的人儿。"他身后的落叶，簌簌地响起来，他以为背后有什么野兽来了，便拾起标枪，向发出响声的方向投去。他听见一个最熟悉的声音叫道："唉，我完了！"连忙拂开浓密的树枝奔去看时，却见倒在地上的乃是他的妻柏绿克丽丝，一标枪正中在她的心上，她竟死于她自己赠给丈夫的礼物下。他心中说不出的悲苦恐怖；他见她脸色惨白，满身是血，一无所知地倒在枯叶上。他含着悲痛，轻轻把标枪从她心头拔出。他谨慎地用双臂把她的身体抱起，从她胸前的衣服撕下一大块来，包扎她的可怕的伤痕，要把她的血止住；同时虔诚地祷告着，求她不要离开了他死去，求神们放她一条生路。她渐渐的又苏醒了，然而，已经没有一点力量，勉勉强强断断续续地说道：

"看我们恋爱的结合上，看头上的神们和我自己的神们的面上，看我一向为你所做的事上，看我在临死的时候还挚爱着你的情分上，我求你不要让这个奥拉夺了我的位置去。"

于是他才知道这一切大错，完全从那个名字的误听上铸造下来的，他便告诉她这事的真相。然而到了这时，这告诉还有什么用处呢？她倒在他的臂间，她的最后的一丝微息和一滴红血，一同离开她的身体了。当她的眼还能蒙胧地看见东西时，她总注定在他的脸上，当她还有一丝一息的呼吸时，她还吹出她不幸的精神在他的双唇上。但她死去时，似乎很满足，脸上也现着笑容。大约她已完全听见，而且相信，他所告诉她的真相，知道那个奥拉决不会取她的位置而代之了。

西发洛斯看着她僵硬地倒在他臂间，唇不再红，眼波不再流转，笑语不再对他而发，温柔的双臂不再抱他的颈，黎明女神的预言应验了，柏绿克丽丝真的不是他所有的了！不过，她不是给别的少年夺了去，如他所疑虑的，她却为阴暗的地狱所吞没，这是他所想不到的。

他抱了柏绿克丽丝的尸身，低唤道："柏绿克丽丝，我的柏绿克丽丝！"然而她永远不会答应他的了。他的泪水如两条无尽的川流似的由他眼中涌出。他心中燃沸着悲楚，他灵魂里咀嚼着说不出的追悔与苦恼。假若死去的是他自己，他一定不会感到那么深的苦楚的。

许多天过去了，好几个月过去了，他还是哀哀楚楚地追悼他的失去的柏绿克丽丝；每天他总坐在希米托斯山的斜坡上，默默地想念着当初柏绿克丽丝和他同坐在这里，同看月出，同看静云停空，同看微风动树燕子斜飞时的那种情景。他心上温理着过去的快乐，几乎忘记了现在他的柏绿克丽丝不在旁边了。直等到他照常地伸过手去，要把她搂抱过来，紧靠在身边，而双手突觉扑了一个空时，他方才如由梦中惊醒似的，知道他的柏绿克丽丝是永远地去了，到另一个不可知的世界里去了，不再能和他并坐在这里了！于是他倒身在绿坡上，两条泪泉又涓涓不息地由他眼中涌出。

他不再使用他的百发百中的标枪，他不再放出他的迅如风，疾如电的猎狗，他不再从事于他所最喜的追猎野兽的事了！不仅这事，便是一切少年人所喜的事，他现在也都抛却，不再理会。厄洛斯每天清晨驱车经过天空时，也不再见他在林中忙着跑了。她睁着金光四射的眼，再也寻不见他；他不在山中，不在林中，却在家中追念他的柏绿克丽丝！

后来，底比斯的国土安菲特律翁（Amphitryon）请他帮忙打猎野兽。西发洛斯答道："我可以和你同去，这是我开始旅行到西海之外柏绿克丽丝所住的光明之土去的时候了。"于是他和安菲特律翁同到了底比斯，猎捉猛兽野禽，总是身先众人。然后他又旅行到得尔福（Delphi）地方，阿波罗的家所在处。这位神叮嘱他速到西海，他在那里可以再见他的柏绿克丽丝。他经山过岭，跨沟渡河，最后到了琉卡狄亚海角（The Leucadian Cape），立在岸边，眼望着茫茫的绿波，太阳正赤红地挂在西方，他的前面，傍晚的金色柔云，集合在它的四周，它要到它休息的地方去了。于是西发洛斯说道："我必须在此休息了，因为我的旅途已经告终了，柏绿克丽丝正在前面光明之国等候着我呢。"

他立在白色的危岩之上，晚风吹拂着他；正当夕阳吻着圆形的水涯时，西发洛斯的力量尽了，便慢慢地倒入海中。

第二天，女神厄洛斯驱车经过西海时，见她所爱的西发洛斯正仰浮在海面上，金发铺散在绿水里，随波上下；她不忍往下再看，轻唱了一声，把黑袖掩蔽了脸。这天早晨，世人见天色乌黑黑的，暂时没有了玫瑰色的可爱的曙光。

　　然而西发洛斯却在西海之外，寻到了他所爱的柏绿克丽丝，他们俩自此永远地永远地不再分开，据古代的传记说。

希腊罗马神话与传说中的爱情故事

赛克斯与亚克安娜

　　底萨莱地方有一个名城特拉庆（Trachin）；这城的王是启明星路西弗（Lucifer）的儿子赛克斯（Ceyx）。他安乐地与他的爱妻亚克安娜（Alcyone）同度着和平的年光。然而，有一个时候，他的兄弟忽然遭到不幸的运命，使他变得忧郁不欢，全失故态。他的兄弟名狄达里恩（Daedalion），虽是同父所生，却与他性质大异。赛克斯性情和善，喜爱和平，乐于在家庭中生活，挚爱他的妻。狄达里恩则不然，他性情横暴，以力自豪，以战争为娱乐。他领着一支雄兵，不知毁灭了多少名城，降伏了多少名王。他生了一个女儿齐奥妮（Chione），天赋以绝代的丰姿，一到她十四岁的结婚年龄时，便有千百个男子来要求娶她为妻。恰好阿波罗和赫耳墨斯（Hermes）同时看见了她，便同时爱上了她。阿波罗决定夜间再去访她，但赫耳墨斯却半刻也等不及，他用他的魔杖点了齐奥妮的脸一下，她便沉沉地睡去，无力抵抗他了。到繁星在天，夜漏沉沉时，阿波罗乔装了一个老妇人进她的房，也得了恋爱的愉快。十个月之后，齐奥妮为赫耳墨斯生了一个孩子，名为奥托里考斯（Autolycus），生性灵警多诈，恰肖其父，能使黑变白，能由白里出黑。她也为波罗生了一个孩子——因为她生的是一对孪生子——名为菲拉蒙（Philommon），以善歌与嗜琴著名，也不愧为阿波罗之子。她因得到了两个名神之爱，又生了两个有名的孩子，心里便十分骄傲，这当然是一般女子的通病，不仅她一人为然。她竟大胆地把自己位置于狄爱娜之上，而讥评她的美貌。狄爱娜大怒道："我的美不足以使你满意，那么，我的行为将使你愉快吧。"于是她弯了弓向她射了一箭，这箭正中在她的多言语的舌头上。她的舌头僵硬了，生命也脱离她的躯体了。赛克斯知道了这不幸的事，心里也十分悲愁，却不得不尽力安慰他那位性如烈火的兄弟。这些安慰的话，落在失女之父的耳中，都如邨岩之听海啸一样，一点也不为所动。他只是哀哀戚戚地哭叫着他的女儿。当他见她被送上火葬堆时，他再三再四地要冲进熊熊的火焰里，都为旁人拦阻住了，于是他发狂似的飞奔而去，其迅快似乎出于人力之外，他的足像附了翼似的，一般人都追赶他不上。他便登上了帕耳纳索斯山之巅，要想自杀。正当他从悬岩上往下跳时，阿波罗怜恤了他，突然用双翼扶持他，将他变为一只鹰，给他一张尖嘴，一对利爪。他的鸷猛的性情，即变了鹰，还是不改。他不和别的鸟为友，他见了别的鸟即便啄食；他自己受了苦，要使别人都受苦。每当赛克斯看见这只矫健盘空的鸷禽时，他便不禁泣下沾襟。

他这样悲伤着兄弟的运命，而不幸的变故，自此更陆续地发生于国中。因此，他决心要到克拉洛斯（Claros）去访

希腊罗马神话与传说中的爱情故事

问神巫，求预言之神阿波罗给他启示。动身之前，他将这个计划告诉了他的爱妻亚克安娜。她立刻觉得全身冰冷了，她的脸色灰白若死，她的双颊为不绝流下的泪点所沾湿，她三次想开口说话，总是呜咽得说不出口来，只是把脸浸在泪水之中；最后，她聚集了全身的力量，才抽抽噎噎地对他说道："唉，最亲爱的丈夫呀，我有什么过失，使你想到这件事呢？你从前把我看在一切事之前，如今这种情意到哪里去了呢？你能够抛开了你的亚克安娜，一点也不想到她吗？你现在高兴去作长途的旅游了吗？当我离开了你时，你将觉得我是更亲近于你的吗？不过，我想，你的旅程假若是由陆路走的，那么，我单只苦离别，并不为你害怕，我虽天天担心着你，记挂着你，却并不杂着恐怖。但是你现在要航海；海使我惊骇，那深广无涯，埋没了不知几多人的海啊！新近我在海岸上看见些断桅折橹，我也时时在墟墓之前，读那溺死者的姓名。你的心不要过于相信，以为埃俄罗斯（Aeolus）是你的岳父，他管领群风，会因为你之故，而收住了狂风，使海水平静无浪。那狂风一被放出，到了大海时，便没有什么权力可以禁阻它们的了；它们任意地在陆上海上狂啸着，它们吹卷天上的乌云，它们带来红舌吞吐的雷电。我是知道它们的，当我还是一个小孩子住在父亲家里时，我常常见到它们；越是我知道它们，便越觉得它们的可怕。但你如果决心要走，我的恳祷不能变更你的计划时，亲爱的丈夫，那么请你也带了我同走吧！我们将一同经历风波之险，我们将一同忍受前途的艰危，那时，除了经历的颠簸之外，我将不再有什么空想的惧怕了。"

埃俄罗斯女儿的话与眼泪，深深地打动赛克斯的心；他现在虽殷忧满怀，而恋爱的火仍旧熊熊地在心头烧着。然而他仍不欲放弃海行的计划，也不欲亚克安娜同受旅途的艰苦。他用了许许多多的甜言蜜语去慰藉她，劝导她，她都像没有听见。最后，他说道："我知道我多耽搁一天，便将使我们多受一天的苦楚；但我可以对你立誓，要是我的运命顺利时，我将在新月第二次团圆之前归家。"这个允诺，使亚克安娜略略安心，她便不再坚执和他同走了。两个月便归的约定，使她生了希望。他命令从人预备好船只粮食。亚克安娜一见搬运粮粮行囊，心里又渐渐不安起来，似乎有一种不幸的预兆；她全身寒冷地颤抖着，她的眼泪又不绝地流湿了一脸，她将臂紧抱着她的丈夫；最后，她不得已，忧愁地说了一声再会，便晕倒在地，失了知觉。赛克斯立在船尾，正要托辞延期开船，然而壮健的水手们已经把桨放入水中，齐向胸前一拉，船便如飞地向前去了。亚克安娜醒过来时，将泪眼抬起、望着去船，只见好几排的船桨，有韵律地击着水波；她还见丈夫站在船顶上，对她不绝挥手，她也连忙挥巾答他。船渐行渐远了，她渐渐看不清她丈夫的身体了，而她还是凝望着去船，不肯少移。不久，连船身都消失了，所见的只是一片展在桅顶的布帆；不久，布帆也便不见了。无涯的海面上，只有金黄色的太阳光在徘徊，照着跳跃不定的小波浪，如无数金鳞似的熠熠发亮。她懒懒的把身子掷在孤寂的床上，心里沉重地叹着气。这床，这房间中的一切，重复使她落泪，因为这些都使她忆起她温柔的丈夫。

且说赛克斯的船离了港口之后，微风柔和地吹送着。船

主命水手将布帆一一张满了，海风饱吹，船如飞地前去。现在船已在海的中央了，两边的岸都离得很远。到了晚上，海上渐渐地汹涌起来，白浪沫在海面跳跃，风渐渐地强烈了。船主高声叫道："把桅杆放下，把布帆收起。"然而风是逆向的，把他的命令都吹送到船外去了，海浪又怒号不已，使水手们一点也听不见。然而他们也觉得危险将近，便自动地或去闭塞桨洞，或去收下布帆。海水已经卷流入船中了，于是有些水手不得不把海水泼回海中去。他们正在忙乱着的时候，风浪更大了，狂风恣意地到处攻击，激起高高的怒涛来。船主也恐慌起来，他已无法发布命令，危险的重压已不是人力所能制止的了。一切都在混乱的号叫着——人的狂喊，风的怒号，浪的哗哗，雷的轰轰。海水山似的高高涌起，似乎要上接于天，溅湿那白云的衣袂；颜色乌黑如墨，直似史特克斯阿里的水。有时，海浪砰的一声散开了，白沫丝丝有声，良久不散。赛克斯的船如今是全凭海水的拨弄，无法抵抗的了。有时，它高高地被抬起，如在一座高山之上，下临无底的深谷；有时，又深深地陷到下面，四面的浪尖似欲将船身吞入口中，船上的人仰望时，似从地狱之底仰望着天顶。船的四边，被海水砰砰地攻打着，其力量之沉重有如巨石之攻城，又如猛狮之扑敌；一遇船身，被冲回去时，便更凶猛地重又冲来。天上的雨水又从云端倒下；你将以为全个天空都将倒入海中，而大海也将直涌到天上了。雨水海水，争着涌入船中。天上半粒明星也不见，乌云黑漆漆地遮盖了一切，然而倏的一掣，电光又从云罅中射下，照见可怕的大海同那只与海挣扎的孤舟。现在，船上的人已经昏乱了，正如守一座被攻的城，在勉力抵御半已上城墙的敌人，技巧无所施，勇力也失其用。有的人哭了，有的人吓得呆了，有的人跪下祷求上天，有的人却发狂了，有的人在想念兄弟父母，有的人在想念家中的子女；总之每个人都在想念留在岸上的亲人。而赛克斯则在想念着亚克安娜，他的嘴唇里只唤着亚克安娜；虽然他怕她孤寂，却深幸她不曾和他同来。他但愿能再见他故乡的陆岸一次，能将最后的眼光远向他家中望着，但是现在他不知自己身在何处；海水滚沸，乌云蔽天；夜色暗黑，完全辨认不出方向。现在，风更狂猛了，桅折了，舵碎了，而最后的一浪便如猛兽踏在它的俘虏身上嬉笑着一样，直把这船卷入海底；随着船而沉下的有大部分的水手，他们都葬在洪流之中，再不能见天日。但有几个人仍能攀住断板折桅，随波浮沉。赛克斯则握住了一片断木，他呼吁着他的岳父，他的父亲，要他们来救他，但完全没有效力。然而在他唇上喊得最多的还是他的妻亚克安娜的名字。他自知必死，一心只念着她，不断地呼她的名字。他祷求海渡能把他的尸体带到她的面前，他祷求他的尸身能由她亲爱的手埋葬。他仍能浮在水面，海波允许他开口的时候，他总不断地呼唤着远在本国酣睡着的他的亚克安娜；而当海水淹没了他的唇时，他还是含糊地唤着她。一阵黑浪打在他身上，他昏晕了，一失手便被卷在浪里，深埋在海底了。启明星路西弗，这时昏暗的若有若无地现在天空，看见他孩子的灭亡，深深叹了一口气，因为不能离开了他的星座，他便用浓云遮蔽了他的脸。

这时，亚克安娜还不知她的丈夫已死，她一夜夜地屈指计算着，希望日子快些过去；她一会儿忙着编织他四时要穿的袍子，一会儿又忙着做她自己的衣服，等他回时穿着迎接他；她还幻想着他回家时的情景，可怜他已是永远不能回家了。她虔敬地在诸神之前上香；特别在约诺的神座前拜祷着，为那个远行的人拜祷着，殊不知他早已不复在人间了！她祷求她丈夫一路平安，她祷求他快些归来，不要在外恋着别的妇人。她的许许多多的祷语，只有最后这一句是有灵验的，因为他真的不曾恋着她以外的第二个妇人。

然而，后来，约诺不复能忍受这为已死的人祷求的祷词了；她叫道："伊里斯（Iris），我的忠心的使者，快到'睡眠'的家里，叫他送一个已死的赛克斯的样子的幻象到亚克安娜那里去，告诉她他的真实的运命。"约诺是要避免悲哀的手常常同她的神坛接触。于是伊里斯披上了千红万紫的袍子，走过天空，便在天空现出一条弯曲的弧形长虹。她到了罩在深云中的睡眠之王的宫中，这宫在克米里亚（Cimmeriaus）地方一座空山的深洞里；日神阿波罗的朝晖、午日与夕照，都射不到那里，永远弥漫着云气，天色永远是朦胧的黄昏。那里没有啼晨的雄鸡；那里没有守夜的狗或鹅，在深寂中叫嚷着；那里没有野禽家畜的鸣声；那里没有微风动叶簌簌的声音；那里没有嘈嘈切切的人声；那里是沉默所居的地方。洞底涌出一股勒忒（Lethe）溪水，柔和地经过，淙淙微鸣，催人入睡。全宫没有一座门，也没有一个看守的卫士。睡神自己躺在洞的中央，若醒若睡地休憩着。在他的四周，躺着各式各样的空虚梦形，模拟各式各样的形状；有许多是收获的稻穗，有许多是树上的绿叶，有许多是海边的黄沙。女神进了洞时，她用手把当路的梦形拨开，全宫都为她的光彩的紫红色所照耀，于是睡王眼睑重坠，一时张不开来，他的下颔，不绝地在胸前点碰着；他挣扎了许久，方才有精无神地靠着手腕，问她的来意——因为他认识她。她答道："'睡眠'，请你送一个形似赛克斯的梦，到王后亚克安娜那里去，把他溺死的情形显示给她；这是约诺的吩咐。"她说完了话便匆匆地离开了，因为她也不能忍受"睡眠"的势力；她仍在天空现出一道辉煌的弧虹。

"睡眠"便从他的千子之中，唤醒了摩耳浦斯（Morpheus），他是一个善于模仿人形的，别的神没有比他更精于表现被模仿者的声音笑貌的了。他的任务，单是拟人；其余的则拟禽兽虫鱼不等。"睡眠"吩咐了摩耳浦斯之后，便又垂头而睡。

摩耳浦斯鼓动着无声的双翼，飞过暗中，立刻到了特拉庆城。他脱下他的双翼，幻成赛克斯的形容，和那个死者直无分别，赤裸裸地站在那个不幸的妻的床前。他的胡须是湿淋淋的，水点一滴滴由他发上落下；他眼泪汪汪地俯在她床上，说道："唉，最不幸的妻呀，你还认识你的赛克斯吗？或者我的脸在死后已经变了吧？看着我！你会认识我的。然而你所见的不过你丈夫的阴影而已。亚克安娜，你的祷告部没有用，我已经死了，你再不要天天望我回家了。狂风暴雨把我的船在爱琴海（Egean Sea）中打翻了。我的唇虽不断地唤着你的名字，却吸饱了海水。这不是虚梦，的确是我自己来告诉你的。你起床来，为我举哀，穿上丧服，不要让我到地府去时没有人哭我。"摩耳浦斯这样地说着，声音宛然像赛克斯的；他也似乎在真的哭，而且他的一举一动也毕肖赛克斯。这不由得亚克安娜不信；她哀哭着，在睡梦中要握着他的臂，抱他在怀中，然而只抱了一个空。她高叫道："等一等我！你那么匆急到哪里去？我要和你同去。"她为自己的声音所惊醒了。她睁开眼时，以为他还在床前。她的侍女们为她的叫声所惊，携灯进房。在灯光之下，她再也不见他的踪影，她放声大哭，捶胸扯衣；她来不及松发，直把发扯乱了。她的乳母问她为何悲哭，她叫道："亚克安娜已经没有了，没有了；她和她的赛克斯一同死去了！不要用废话来慰藉我！他溺在海中，他死了！我看见他，我认识他，我伸出双手要握住他时，他不见了。这不过是一个阴影，然而我清清楚楚地见到的他全身裸露，发上还滴着水点。看那里，在那个地方，他就站在那里。"她竭力地看，要看地上究竟有没有足迹遗留着，"这正是我心里所怕的事；我曾再三地求你不要航海而去。你是到死地去的。你如果和我同死，我倒也心满意足了；因为那时，我便可以和你同死，不至有一刻工夫和你相离。但如今你却远远的离开我自己而死去了；你却远远的离开我自己而死在波涛之中了，那大海不溺死了我的身体，却溺死了我的灵魂。我如今要是还想活着，还想和悲哀开战斗，那么，我的心对于我要比大海更残酷了。但我将不再与悲苦挣扎，将不再离开你，我可怜的丈夫。现在，我要到你那里去陪伴你了；即使不同葬在一处，至少墓碑上要将我们的名字联在一处的；即使你的尸骨不同我的在一处，然而我仍是和你接触着的，名字和名字。"她悲泣得不能再说了，只是哀号着，苦泪由心底涌出眼外。

天亮了。她由家里走到海岸上，悲苦地去寻找她那天送他上船的那个地方；她立在那里，说道："这里是他解缆的，这里是他上船吻着我而去的。"她一一地回忆着前事，双眼向海望着。在海波之上，她看见一个形似尸体的东西，随波上下。其初，她还不能决定它是什么；后来，海浪把它带近了，显然地看出它乃是一具尸体。她不知这尸体是谁的，然而，因为它是一具溺死的尸体，她便为恶梦所动，对这个不知名的尸体哭叫道："你这可怜的人，你的可怜的妻，如果你已有妻！"同时，尸体浮得更近了，她还看不清楚；后来，更近了，唉！现在是靠近岸边了，她可以清清楚楚地看见它了。这就是她的丈夫！她惊叫道："这是他！"于是她扯着头发，撕着衣服，伸出她的颤抖的手，对无生气的赛克斯叫道："唉，最亲爱的丈夫呀！你这样地回到我这里来吗？"她要纵身跳入海中；这是一件怪事，因为她不能沉入海中，她突然生出了双翼，在水面上飞翔着，她变成了一只鸟了。当她飞翔时，从她的嘴里还发出哀诉的悲鸣。她飞到沉默无生的尸体上，用新生的双翼拥抱他，更用她的尖喙去吻他的冷唇。到底赛克斯感觉到了这个抱吻没有，或者他的头似乎抬了一抬，不过是为海波所推动，后人当然不能知道。但是他确确实实感觉到的。因为最后，天神们怜恤他，也使他变为一只海鸟。他们俩虽然同遭这不幸的运命，然而他们俩的爱情似乎还遗留着；他们俩虽披了羽毛，而相爱的心情却还如初。他们同住着，他们养育小鸟。冬季里，亚克安娜坐在她浮泛水面的巢中七天，孵着小鸟。这时候，海水平静无波；因为埃俄罗斯严防他的风，不让它们出去；他为了他的外孙之故，使大海也能平静了几天。

潜水鸟

　　有几个老人坐在海滩上闲谈，海水平躺在太阳的金光下面，如灯前的一面大镜；几只摸鱼鸟，在这无涯的绿水上飞着，汹着，嬉戏着。有一个老人便赞叹他们爱情的坚贞，因说起他们乃是赛克斯与亚克安娜变的；他们虽化为异类，而两心还是恋着不变。于是他谈起赛克斯夫妇的故事来，这故事我在上面刚刚提起过。海面上的风光似乎更显得和平可爱了，海鹅群游，似乎更觉得和睦亲爱，仿佛有个小爱神鼓动着一对小翼在它们上面微笑翱翔着；这几个老人枯井似的心里也微微地触动旧恋的回忆。在这个说故事者身旁的另一个老人，手指着前面海上一只长颈的潜水鸟，说道：

　　"那只美脚的水鸟也是王家的后人变的，他的父亲就是特洛亚王普里阿摩斯（Priam）。他乃是赫克托（Hector）的哥哥；他如果不在早年遇到了奇异的厄运，他的声名也将不下于赫克托。赫克托是赫卡伯（Hecuba）生的，爱萨考斯（Asacus）——那只水鸟的名字——是有角的河神格兰尼考斯

（Granicus）的女儿爱里克西绿（Alexiroe）生的；普里阿摩斯和她秘密的生了此子，在伊达（Ida）山的隐僻处长大。他不乐居于城市，不高兴与特洛亚人交往，更憎恨那辉煌弘丽的宫室，所以他不到他父亲那里去，而住在人迹不到的山中。他只在山林中漫游着，或听流水玲琮，或看高山日出，或午日卧于松阴，或花朝逐乎蜂蝶；或深夜步月而归，远闻村犬高吠，或在曙光未现之时，上岩登岭；沾得双足上满是清露与断草。他的性情是这样的孤高而淡于荣利。

　　"他虽不求荣利，不乐与家中人交往，然而他的心却不能不为恋爱所动。恋爱是没有一个人能够将它屏绝于心房之外的。他在山中浪游着，有一天，他在水边看见了河神克白林（Cebren）的女儿赫斯珀里亚（Hesperia）；那时，她正躺在她父亲的河岸，松散着满头的金发，在太阳光中晒干。她那天然的丰姿，娇憨的体态，雪白的肌肤，衬着绵芊的绿草，金黄的乱发，立刻引起了他的情火。他慢慢向她走近。她在太阳光中软怡怡的感受着无量的暖意，懒得抬起身来。她的眼凝注在静贴于蔚蓝的天空的一片绝薄的白云，她的心似乎飞高了，飞高了，和白云在　处游戏。突然她听见有轻轻的步声向她走近，她的美幻的梦想如断了线的风筝似的，立刻被狂风吹荡去了。她突地翻身坐起，见是一个男子，随即站起来，飞步地逃开了。爱萨考斯在她后面追赶，这更使她害怕。以后，她有好几天不敢再在河岸上坐着，躺着。爱萨考斯第二天再去等待她，第三天再去等待她，都见不到她的倩影。他隐在树荫里伺候，如猛兽之等待它的牺牲；他在她那天所坐的地方徘徊着，坐着，躺着。他这样的从清晨曙光红红的

照于河面上时等待起，直到了正午太阳猛晒在他头上，直到
了太阳渐渐的西斜了，直到了夕阳红红的照于河面上，他还
是不肯走开，而她终于没有出现。直到了夜色朦胧的罩了大
地，远处林冈已经看不见时，他方才绝望而回。他忽忽如有
所失，怅怅如有所念，一无牵挂的心，如今似乎被一线无形
的情丝缚住了，刻刻被人扯牵着，感觉到不可说的痛楚。再
过一天，他还是在那里等候着。这时，太阳方升到天空，晨
露还闪闪的在反映着日光，未曾消逝。他隐约地听见在后面
深林中有几个女郎的娇脆的声音。他心里一动，连忙循声而
往。是的！是他的女郎和她的姊妹们正在快乐地游戏着。他
放轻了脚步，慢慢的走近了。她的妹妹俄诺涅（Oenone）恰
好抬起头来，见了他，便叫道：'有人来了！'她们哄然四散
而逃。爱萨考斯又紧跟着赫斯珀里亚追去。她在前面逃着，
如一只受惊的母鹿为黄狼所追；如一只白色的天鹅，在鸷鹰
的前面飞逃。爱萨考斯紧追不舍，脚上如附了恋爱的飞翼；
她奔逃不停，身上似生了恐惧的双翼。她娇喘不已，不择地
奔去，足步渐渐的慢了，有些颤软了。她不由自主地踏着了
一条隐卧在草丛中的大蛇，它弯曲了身体，在她足上狠狠地
咬了一口，毒液便流入她的血管中，她扑地倒在地上了。她
的脚步停止了，而她的生命也停止了。爱萨考斯跪在她尸体
旁，双手拥抱了她，叫道：'唉！我懊恨我，我懊恨我追着
你！我们竟杀了你了，可怜的女郎，我们两个：蛇给你致命
的伤，而我给你受伤的原因！我比它还有罪。但我将以死报
你，在死后我将给你慰安。'他说时，便从一个高岩上投身海
中。但特西丝可怜他的痴情，当他坠下时，柔和地接住了他，

当他浮在水面时，羽毛已披在他身上了。他求死，然而他不得死。他用为违反他的本心而生存着，心里觉得很愤怒，他渴欲毁灭了他自己的身体。他现在肩上长着一对新翼，他反飞得高高的，再向海中投身而下，然而他的羽毛却使他轻轻的落在水面，一点也不受伤，而且也不沉溺。爱萨考斯益加愤急，便将身体钻到水中去，定要找一条死路，然而还是不得死。他的热情使他身体消瘦了，他的双腿伸长了，他的长颈更长了，他的头距离身躯很远；如今他仍在海中逗留着，仍然时时地钻入水中求死，然而他仍然活着。他的父亲普里阿摩斯不知道他已变为水鸟而活着，很悲伤他的命运。他为他的不幸的儿子建造一座空坟，坟上刻着他的名字，赫克托和他的许多兄弟都在坟前献祭。"

几个老人默默无声地坐在海滩上，心里隐透着凄凉；这时血红的太阳已经半沉入水下，海面上一片的血光，照着那只潜水鸟，它还在不绝地钻入水中。

伊菲斯

克里特的某乡，住着平民李德斯（Ligdus），他身世不高，财产亦微，却因下面的一段故事而有名于时。

他一生正直无欺。他的妻怀着孕快要生产时，他对她道："有两件事我要向上天祷求：第一，愿你生产时绝无痛苦。第二，愿你生的是男子。女儿往往有烦恼，且上天也不肯给她筋力。所以，如果你生出来的孩子是女儿时，你要把她弄死了。"他这样地说着，他们俩都不自禁地哭了。他的妻特丽西莎（Tclcthusa）求他不要这样坚强地决定，但李德斯却是说一是一的人，坚执着他的主意，不肯变更。现在孩子快要出生了，正当午夜，她做了一个梦，梦见伊俄（Io）站在她床前，她身边还有好些的神，她的前额有新月形的角，头上戴着金黄色的麦环。这位女神对她说道："特丽西莎，敬我的人，你不要自苦，不要服从你丈夫的命令。当你生下孩子时，不管是男是女，你一定要留养着。我会帮助一切请求我帮助的人。你一向很虔敬我，我所以特别要显示于你。"她清清楚楚地听见这位神说的话，四周的事物也看得异常明白，仿佛清醒时所见所闻。伊俄说罢，便离开了房间。于是克里特妇人很高兴地从床上坐起来，伸出双手，向天祷告，但愿她的梦境成为实事。

她的肚子渐渐地痛楚了，一个孩子生了出来，却是一个女孩（她父亲并不知道），母亲想要欺骗父亲，便告诉下人说生的是男孩子。运气凑得很好，知道这事的只有乳母一人。父亲满心喜悦，祭祷天神，将他祖父的名字来名这个孩子，叫他做伊菲斯（Iphis）。母亲也很喜欢这个名字，因为它可用于男人，也可用于女子。这个秘密严守不漏，父亲始终不知道。这个女孩子穿着男孩子的衣服，全是男性的装饰；她的面貌很美丽。

十三年过去了；于是她的父亲为她找到了一个媳妇，这个媳妇名依安蒂（Ianthe），是当地女郎中美名最著的一个，眼波流转，金发垂肩，见到的人无不艳称她的可爱。这两个人恰好是同年生的，容貌又同样的秀美，又同从一师受学，因此，两个女郎不知不觉地互爱着，心中各有所希求。但她们的爱并不是同样的：依安蒂满心以为她所爱的是一个男子，她的将来的丈夫，他们到了时候一定要结婚的；至于伊菲斯则虽爱着她，而并不希求这个爱情有什么结果，因此，她爱她更为深切——一个女郎狂热地爱着别一个女郎。她常常自己悲泣着，叹息着说道：

"唉，我将得到什么结果呢？我所有的一种爱情，真是没有人听见过的，一种奇异可怪的恋爱。如果上帝要救我，应该早就救了我；如果不愿救我，而欲使我灭亡，也应该早点降下天灾，使我早死。母牛不爱着母牛，牝马也不爱着牝马；

公羊爱的是母羊，母鹿爱的是公鹿。禽鸟也是雌雄相匹。在整个动物世界里，从没有雌的爱上了雌的。我但愿我不是一个女郎！我爱她真比一个真正的男子还要深——然而她是茫然的，还以为这个恋爱是有结果的。从前，克里特有一个女郎帕西法厄（Pasiphae）爱上了一头公牛，她的欲望却能因机警达到了。而我的欲望，则代达罗斯（Daedalus）即使鼓着蜡翼再飞到克里特来，他能够做什么呢？用了他所有的精巧的技术，他能够使我由女郎而变为男子吗？他能把你变了性别么，依安蒂？

"不，伊菲斯，你心里要有勇气，要有决断，要把这个无望的愚蠢的恋爱从心里排遣开去。你生来便是一个女郎，你不要欺骗自己，更不可欺骗他人；你应该求正当的爱，取一个女郎所应爱的来爱着！你和她的爱是充满了希望的；自然却夺去了你这希望，你也是一个女郎！没有一个守护者阻止你投到她的怀中，没有一个嫉妒的丈夫防备着你，又没有一个严刻的父亲，而她自己也并不拒绝你的追求。然而你不能占有她，你更不能快乐，虽然你的爱情是一帆风顺，是神与人所共许的。我所祷求的事，没有一件被拒却；神们已给了我他们所能给的；我所希望的，我父亲也希望着，且也是她自己，她父亲所希望着的。但自然的意志，并不如此；自然的势力比他们都伟大，竟使我陷于悲苦之境。唉！久待着的日期将到了，我的婚期已在眼前了，依安蒂不久便是我的了——然而并不是我的！我在水的中央，我却渴着。结婚的神约诺与许门（Hymen）呀，你们为什么到这样的一个结婚典礼里来？这次结婚并不是一个男人要一个女郎为妻，两个都是女郎呢！"

她这样地说着，心里惶恐不已，她希望婚期快到，又惟恐婚期真个来到。其他一位女郎却盲然不知此事，心里燃着同样的热情，只盼喜期快到。伊菲斯的母亲特丽西莎心里也非常难过，她也怕的是婚期一到，她的女儿的真面目将被发现；她想尽了种种方法，使婚期延迟下去；先一次使女儿乔装生病，下一次又假说她见到了不吉之兆，不应结婚。到后来，她的方法已经用尽，再也不能推托下去了，最后挨延的婚期又已近在眼前，只剩得一天了。于是母亲带了女儿跪在神坛的前而，取下了结发带，解散了二人的头发，向神虔祷道："依西丝（Isis），我求你帮助我们，医治我们的奇痛极苦。女神，你从前曾帮助过我们，使我女得以生存人世，使我得以保存秘密至今，这都是你的力量，你的赏赐。现在，请你再可怜我们二人，用你的无所不能的力量，帮助我们。"她声随泪下地祷求着。女神似乎移动了——不，是移动她的神坛，殿门震撼着，她的月形的角现着光明。母亲心里还不放怀，但见了这些好兆头，也自高兴。伊菲斯跟着她母亲出了庙门；她的步履似乎较前阔大有力了，她的脸似乎黑红了一点，她的力气似乎较前大了，她的头发较前缩短了，她有了女郎们所没有的弥满的精力。总之，从前的女郎，现在已一变而为男孩子了！去，现在向神坛烧香上祭去；现在可以放胆快乐，可以放胆预备结婚！他们在神坛前献祭，还树了一块碑，上面写道："这些祭礼为一个男人伊菲斯所献，是他从前为女郎时所许下的。"清晨的太阳光照得大地上辉辉煌煌的，维纳斯、约诺、许门聚会于结婚的祭火之前，孩子伊菲斯终于得到了他的依安蒂为妻。

俄诺涅与帕里斯

　　特洛亚王普里阿摩斯生了一子；在生产的那一夜，王后赫卡柏做了一个梦，预言者参详这梦，说，这孩子将使特洛亚灭亡。于是全宫都愁容结眉的；孩子柔弱无助地躺在他的摇篮里，普里阿摩斯却狠了心，命侍从把这新生的孩子带出宫外，抛到荒僻的伊达山去。赫卡柏双眼望着他被抱去，只无言地哭泣着。

　　这新生的孩子躺在伊达山五天五夜，夜间冷露落在他身上，白天太阳晒在他身上，却并不死去。带他到山上的牧羊人这时经过那里，又去看他一下，见他正酣睡着，一如别的有幸福的孩子睡在柔暖的丝床上一样。牧羊人道："上帝不愿他死亡呢。"于是他复抱他起来，带回家去抚养。孩子长大了时，壮健耐苦，双颊红润，两足轻捷，他的美貌和力量都没有一个人能够胜得过。当帕里斯——即这个孩子——看守着羊圈时，没有一只凶狠的野狼敢在左近逗留；当他坐在火炉旁时，没有一个强盗敢向这屋内生一毫觊觎之心。所以伊达山上的牧人们都歌咏他的能力和他所做的事业；他们称他为阿勒克珊德洛斯（Alexandros），即"助人者"之意。

他这样地在山中牧羊，或坐在危岩上，或躺在绿荫下，或斜倚在细草绵芊的河岸上。他的性情温柔如处女；他又善于奏琴，听者无不心醉，有人竟以为是阿波罗教导他的。有一次，他在河边遇到了河神克白林的女儿俄诺涅，他惊诧她的美貌，呆立在那里不肯走开；他的牝羊，有好几只在那里用角互相抵触，他也忘记了如常的去叱止它们了；他的狗立在他身边，也呆呆地惊诧它主人的变易常态。俄诺涅偶然抬起眼来，见有人在凝眸看她，不禁羞红了脸，意欲避开。但帕里斯却走近了几步，温柔有礼地向她开谈。她窥见帕里斯英媚可喜，便也有些动心，不复引避。他们俩同坐在河边，谈着不关紧要的话，彼此觉得很有趣，一刻挨过一刻，不忍即别；河中流水琤琮，与他们俩的细语腻谈相应和。直到晚霞把河水照得鲜妍无比，晚烟朦胧地罩着远处时，俄诺涅方才立起身来，说道："啊，天色已晚，我不能再逗留在这里了。"帕里斯呆立在那里很久，目送她走入林中；她藏在树后偷眸回望时，见他还呆呆地立在那里目送着她。

他们天天同坐在水边闲谈；帕里斯不能一天不见俄诺涅，俄诺涅也非天天到水边来不可。水边的斜岸上，坐惯了这一对情人，清澈的水面常映着这两个秀美的倩影。有一天，他们俩如常地坐在绿草上，帕里斯便对她倾泄他的恋爱，要求娶她为妻。他伸过手去，握住她的洁白如玉的手。俄诺涅心里觉得很快乐；她抬起头来望着帕里斯，并不发言，然而帕里斯在她盈盈的双眼中，已看出了她的含情的凝盼，已看出了她的愉悦的允许；于是，他的双手便搂抱了她的白颈，他的身体更贴近她一点坐着，他的红唇便紧压在她的红唇上。俄诺涅微微地阖着双眼，并不拒却。而清澈的水面上，便映着一对偎贴在一处的影子。这时，晨露还晶莹地凝在草叶上，启明星还熠熠地挂在灰白的天空，晓风呼呼地一阵吹过去，把俄诺涅的长而秀美的头发，吹拂到帕里斯的肩臂上；它似乎快乐地笑了一声，又飞过去了。

于是帕里斯娶了俄诺涅，两人快快乐乐地住在伊达山上；女郎的心里充满了说不出的愉快；因为没有人比帕里斯更勇敢，更温和，更深于爱情的。她常常半倚在他的身上，他则拨弄琴弦，为她奏几曲最甜美的情歌。年光如飞地过去，快乐的年光更是流水似的容易不知不觉地度过。俄诺涅想不到一个大变化便将来到。

在特洛亚对岸，隔着盈盈的一道海水的，是山明水秀的希腊，在那里有一位勇敢的名王珀琉斯（Peleus），正在大开宴会，宴请神与人，因为他在那天娶海王的女儿忒提斯（Thetis）为妻。俄林波斯山的诸神，从宙斯以下都来庆贺。只有位女神厄里斯（Eris），珀琉斯与忒提斯不敢送请柬去请她，因为她是"战争"与"妒忌"的女儿，他们怕在欢宴时见到她的脸。她因此大怒，要设法报仇。正当众神在静听阿波罗手拨金琴，和声歌唱的时候，一只金苹果由空中落到了桌上。他们不知道这苹果哪里来的，然而它的美丽可爱，却引起了神们的欣羡。在这苹果上刻着"给最美丽的美人"几个字。于是神后赫拉（Hera），智慧的女神雅典娜，娇媚的阿佛洛狄忒（Aphrodite）都立起身来要求取得这只稀有的金苹果；也许她们所希求的不是金苹果本身，而是那"最美丽的美人"的称号。于是宴席上顿现着不欢的气象，歌声也戛然中止了，赫拉道："神人无不敬重我，这只金苹果非我莫属。"雅典娜答道："智慧与仁慈比权力更有价值，所以它应该属于我。"美丽的阿佛洛狄忒娇懒地抬起身来，举起她的白臂，胜利的微笑展于脸上，轻柔地说道："我是恋爱与美丽的女儿，这只金苹果只有我才配有。"

她们这样我一言你一语地争论着，宙斯也不便作左右袒；最后，他实在听得不耐烦了，便站起来说道："不要再闹了。在伊达山的松林中，有人类中最美丽的男子帕里斯住在那里；让他做审判者，他将金苹果给谁，这金苹果便是谁的。"赫耳墨斯由宴席间站立起来，率领她们越山过海，直到帕里斯和俄诺涅同住的山坡上。

赫耳墨斯立在帕里斯之前，说道："人类中最美丽的男子，不朽的天神中间起了一个争端，赫拉与阿佛洛狄忒及雅典娜各要争得那只应判给最美丽的女神的金苹果。当她们到来时，请你做审判者，解决此事，使宙斯的大厅中不再闻争闹之声。"

俄诺涅这时坐在水边，做着快乐与恋爱的梦；她在清莹平静的池水中，自照她的丰姿，自言自语道："天神们是和善的；因为他们给与我比美貌更好的赠品，这就是帕里斯的恋爱；它使我觉得天空更光耀，大地更明媚了。"于是帕里斯走来告诉她道："看，俄诺涅，晶莹的水的最亲爱的孩子，宙斯命我为他判决一件事。那边神后赫拉和阿佛洛狄忒和雅典娜都来了，她们各要争得应判给最美的一个的那只金苹果。你不要走开了，俄诺涅，前面有阔大的葡萄树叶，曾遮蔽我们夏天的睡眠，现在你且去藏在那里，静听我的审断，没有一个人会见到你的。"

于是帕里斯坐在那里等候宣判。赫拉对他说道："我知道我是最美丽的女人，此外没有人能比我更美貌更有威权。你听我的话，我将给你权力，使你建立丰功伟业，姓名永留在歌者的口里。"但雅典娜又对他说道："帕里斯，不要听她的话。你的手腕是强壮的，你的心是高洁的；你的同辈之中，即今也已赞颂你的好处了。除了权利与声名之外，还有更好的东西，你如果肯听我的话，我将给你智慧与能力；纯洁的恋爱将是你的，当你住在地府时，你将永忆着当年快乐的时候。"

那时，帕里斯似乎听见俄诺涅的声音，声音这样说："智慧与正直比权力更好；把金苹果给雅典娜吧！"但阿佛洛狄忒巧笑望着他，向他走近来，姿态娇媚无比。她的黑发垂垂地触到他的肩，她的手放在他的臂上，他觉到她玫瑰般红的唇吻间的芬芳的呼吸；她对他低语道："我不必对你说我的美，因为你大约会看出来的；但你如听我的话，我将给你人类女子中最美丽的女子为妻。"但帕里斯答道："我不需要你的赐品，阿佛洛狄忒，因为人世间不会有比俄诺涅更美的女郎了。然而你诚然是不朽的女神中最秀美的，赐品当然是你的。"

于是他将金苹果放在她的雪白的手掌中；当她的微笑浮在唇边，浮在眼旁，骄胜的离开他时，他接触了她的温柔无比的手指，同时心里透过了一阵微颤。但神后赫拉和雅典娜却恼怒地走开了；自此以后她们便和特洛亚人结了不解之仇。

于是帕里斯走到俄诺涅那里，抱住了她的腰，说道："当我把应给最美者的金苹果判给最美者时，你不曾看见赫拉的怒容吗？然而我何必顾虑到赫拉和雅典娜的恼怒呢？从阿佛洛狄忒唇上见到的一个微笑，比之她们所给的一生的赐福好得多了。"但俄诺涅眉结不开地说道："帕里斯，我愿你说的是实话；但在我的眼中，雅典娜更要美，阿佛洛狄忒虽美而多矫作。"帕里斯更紧地抱她在臂间，频频地吻着她的苍白的面颊，并不答言。

以后，帕里斯到了特洛亚城，他的父母承认了他；他们欢欢喜喜地接受这样英俊秀美的少年，浑忘了赫卡柏所做的恶梦。

他父亲普里阿摩斯命他到斯巴达王墨涅拉俄斯那里去。当上船的那一天，他不忍辞别俄诺涅，呜咽地哭着；她也哭着，两个人脸上都挂着两行泪水，各戚戚无言；他的臂搂住她的颈，比葡萄藤纠缠榆树还坚紧。他屡次托辞风势不顺，不肯即行，他的从者无不笑他，因为风原是顺的！他最后硬了心肠上船，临行时节，他们俩不知吻了多少次，吻了又吻，吻了又吻！他的舌头再也说不出"再会"二字来！和风吹饱了布帆，一排一排的浆击着水面，溅起美丽的白花。她的泪眼追送着去舟，直到看不见时还不肯回眸；沙上都沾湿了她的泪点。她跪下祷求他能速回。

自他去后，她凄苦地独居于伊达山中；萨蒂尔成群地追踪着她；法纳斯双角上缠着松叶的绿冠，也常常来诱引她。然而她总一心紧守着帕里斯。阿波罗也爱上了她，可是她不为金银珠宝所动。他又教她医术，她自此便精于治疗一切病症；她知道什么草能治什么病，她知道什么树根有用处。只可惜恋爱无药可治！因为在这个时候，帕里斯尽逗留在斯巴达，沉醉于墨涅拉俄斯的妻海伦的美色巧笑之中，不肯言归。有一次，墨涅拉俄斯因事他出，吩咐海伦善待贵客，帕里斯趁这个机会，便拐了海伦和她的一切财宝，上船逃回特洛亚——这当然得了阿佛洛狄忒的帮助。

她天天盼望帕里斯归来，天天站在海边一块岩石上凝望茫茫的大海。帕里斯居然归来了，她望见他的船徐徐入港时，她的心不禁扑扑地跳着，她的脸染着红潮，她的紧皱着的双眉放松了，她的唇边虽欲矜持着不露笑容，却不觉得微笑起来。但当她隐约地望见船头有红衫闪耀时，她突然地受了一惊：那件衣衫不是帕里斯的！船渐渐的近了，靠岸了，她看见那穿红衫的竟是个女子，她的心如突然沉在千寻的深渊中，又如红热的铁，突然投入冷水之中；她还清楚地看见那红衫女郎，手勾着帕里斯的颈，头伏在他的胸前。她再也站立不住了，双颊为热泪所沾湿，立刻反身飞奔回伊达山上去。

帕里斯和海伦快乐地同住在特洛亚城中；同时，被帕里斯所弃的俄诺涅却在伊达山中悲戚着；被海伦所弃的墨涅拉俄斯却在希腊全境，遍访名王，高呼复仇。俄诺涅坐在河边的草坡上，眼泪一滴滴地落在水中，有如雨点，水面不绝地起了涟漪。她叹息地默想道："唉，我的爱为阿佛洛狄忒劫去了！唉，帕里斯，帕里斯，难道全忘了你的话了？这里是你的手臂常拥抱了我的，这里是你的嘴唇常紧吻着我的；你还说道，大地上的生物没有一个比俄诺涅更美的！如今你却全都忘记了！"她见一株绿树，便说道："这里是我和帕里斯常坐着憩息的。"她见一片池边的绿坡，又说道："这里是我和帕里斯同躺仰看天上的白云的。"她看见密生的葡萄藤，又说道："这里是我和帕里斯常在夏天睡在那里的；他的臂抱着我的颈，我的头枕在他的臂上。"她不忍再想下去了。她看见许多树皮上刻划的她的名字，她便哽咽着，那是帕里斯刻的。更有一株植立在河边的白杨树，帕里斯在树上刻了一行铭语，为他们爱情的纪念；铭语说："帕里斯生时如捐弃了他的俄诺涅，则克珊托斯河水也将逆流。"她看了这铭语，更伤心不已，不禁哭叫道："克珊托斯，快流到去吧！你河流，快朝源头流回去吧！帕里斯竟敢在他生时捐弃了他的俄诺涅了！"她坐下来，哭得不能成声。

现在，希腊军已经渡海而来了，海面上集着蚁队似的希腊战船。现在，希腊军已经围困特洛亚城了，特洛亚人被围在城中，一步也不能出城。勇敢的战士陆续的死亡；伟大的赫克托战死了，勇猛的萨耳珀冬（Sarpedon）战死了，英俊的门农（Memnon）战死了。而帕里斯也不复是从前的帕里斯了；他安于宴乐，日高始起，终日偎倚在海伦身边；他的矛和盾挂在墙上好久不用；杯中美酒，终日不空；他听的是歌者高唱的恋爱故事，他听的是海伦的娇美的笑语声。后来，他不得已而出战了。这时，特洛亚城的末运已到，帕里斯便被赫克里斯（Hercules）的毒箭射伤。先此，有一个预言者说，帕里斯如果受了伤，只有俄诺涅能够治好他。帕里斯便命人将他抬到伊达山上俄诺涅住的地方。他的伤极重，脸色灰白，呼吸微细；中了赫克里斯的箭是没有人能够保全性命的，然而俄诺涅却是绝好的神医，阿波罗亲手教的；她有上好的药，能够治好这个伤。俄诺涅本想不见他，然而经不起他和抬他来的人的恳求，不得已便见了他。她如今心中咀嚼着十年来的失望与苦痛，对于帕里斯似乎只有憎恨而无恋感。她一见帕里斯的脸，便怫然变色，心里沸腾着久积的郁怒，浑忘了帕里斯已是伤重垂死的人。她如今记住的是他的忘恩负义，而忘了的是他的绵绵情爱。帕里斯微弱地恳求她医好他的箭伤；他说道："请看我们俩的情好上，为我治好了这个伤。"从人们也都说，据预言者说，这个伤非她不能治愈。俄诺涅转脸去，并不看他，对着墙说道："快去，快去，我不会医治箭伤，也没有药可以给你。至于从前的事，那是早已过去的了。"帕里斯还想恳求，而他的语声已细若蚊鸣，他的甜言蜜语也都消失了，因此，更触起俄诺涅的怒气。她连声地催促他们将他抬回城去。他们见她坚执不肯医治，只得将他抬回。帕里斯一去，俄诺涅的心又充满了旧情的回恋，挥忘了一切的憎恨。她懊悔拒绝了他，她怕他真的伤重而死，连忙带了药草，竭力奔到特洛亚城去。等到她追到了时，她看见帕里斯的尸身已经放在火葬堆上，正待举火烧化了。俄诺涅发狂似的自捶其胸，连哭声也发不出。她心里有千万种的怨苦，有千万叠的悲哀，有千万重的悔恨。她的身体软瘫了，她失去了一切的知觉。等到她再行苏醒时，火葬堆上火光熊熊，烧得正猛。俄诺涅乘人不备，踊身跳入火中，躺在帕里斯身边，和他一同烧化。"死"也许使她和帕里斯在地府中重行和好，也许使她忘记了一切，结束了生前的一切悲欢苦乐。总之，她的死却比她郁郁的生着实好得多。

潘与西冷克丝

在凉爽的阿耳卡狄亚的群山中，有一位仙女，美名传播远近；她的同伴们名她为西冷克丝（Syrinx）。她逃避了捷足的萨蒂尔的追求，她逃避了一切住在林中或山上的好色的男神们的追求。她崇敬狄爱娜，也和这位女神一样，喜欢畋猎，坚守着贞洁的处女身。她的衣服装饰也仿效狄爱娜的样子，野神山精往往以为她就是狄爱娜，不敢走近她。其实狄爱娜执的是金弓，她执的却是木弓，那班粗鲁的男子留心不到这些，就被她轻轻地瞒过了。

潘看见了她，他知道她的真相，便向她走去。他头上戴一顶松针做的冠，对她说着情话。她不肯听他的话，向无人的旷野中奔逃，直奔到黄沙的拉东（Ladon）河边；河流甚急，又无舟楫可渡，她不得不停住了足步；她向水中的仙女们祷求将她的体态变更了。潘以为现在一定可以捉住西冷克丝了，然而他双手抱过去时，所捉住的却不是仙女的身体而是生在泥泽中的芦苇。他深沉地叹了一口气，这一口气吹动芦苇萧萧作响，仿佛如一个人在诉苦的声音。潘喜欢这新的音乐与和谐的声调，说道："我们俩之间将永存着这个样子的谈话。"自此长短不同的芦苇用蜡胶合拢来时，便成了潘所常用的苇笛；这个苇笛仍存着这位仙女的名字，即名为西冷克丝。

勒安德洛斯与赫洛

赫勒斯蓬托斯（Hellespont）是一个分隔亚洲与欧洲的狭海；西斯托（Sestos）与亚比杜斯（Abydos）是相对立于海岸的两个城；西斯托在欧洲岸上，是美丽的女郎赫洛（Hero）的住所；亚比杜斯在亚洲的岸上，是美丽的少年勒安德洛斯（Leander）的住处。这两位美貌的少年男女，虽隔了一个大海，却热烈地恋爱着；他们俩都怕父母知道，所以勒安德洛斯只好每夜游泳过赫勒斯蓬托斯海，到赫洛那里与她相会；到了天明，又游泳回来。

他们第一次相会时是这样的：天色刚刚发黑，漫漫的薄雾笼罩了一切，勒安德洛斯由家中悄悄地出来，把一切的恐惧连了衣服一同除去，踊身跳入海中。明月挂在天空，为他海程中和爱的同伴；它用银白色的淡光投射到海面，为他赴密约的指导。他向月祷求道："求你帮助我，光明的女神，求你烛照我达到这个幽期的愉快。我告诉你，我所追求的女郎，她自己也是一位女神。不必说她的性情温柔，品格高洁，可列于天神班中，即她的美貌，也足以和维纳斯同你相比而无愧；你如果不相信我的话，你可以自己看。正如你的银白色的清光，照得群星都暗淡无色一样，她的美貌也足以使别的美人暗然无色。"他一边不息地游泳着，海波闪闪地反映着月光；夜间静悄悄的，光明如昼，却不闻一点人声。他手臂一前一后地击着水，柔爽的海波在他身边滑流过去，只有摸鱼鸟独自叫着，似乎呼唤她的赛克斯。他的手臂酸疲了，几乎不能再举了，抬起头来，看见远处有一星灯光在熠熠的发亮，那是赫洛所住的塔上发出的信号与路标。他的力量又回复过来；恋爱在他胸中温热着，使他不觉到海水的寒冷。他渐渐的近岸了，渐渐的与要见的人儿相近了，他心里快乐，游泳得更为着力。他已看见赫洛在那里等候着他了，他伸出手来招呼她；她急急地走近水边，要不是她的乳母牵住了她，她几乎不自觉地走入水中了。他上了岸，她双手抱了他，他们俩甜蜜地互吻不已。这甜蜜的吻真是值得渡海去求取的。她由肩上脱下外衣来，代他披在裸露的身上，还代他绞干了沾湿的头发。那一夜，他们惟苦时间短促，只觉得一分一秒都是可贵的，不应浪费的；他们的欢情，惟有黑夜，明月，高塔，与他们自己知道。现在，黑夜已经将尽了，启明星闪闪地现在天空，明月西沉，东方微白，又间着微红。他们急急地吻了又吻，紧紧地互抱着，只埋怨夜间太短。讨厌的老乳母频频地催促着，他们却总是互抱不释，密接的唇吻不忍离开。最后，他只好离开了高塔，回到海边，哭着相别后，他又踊身跳入水中。他在水中还频频回顾她，她也立在那里凝眸不移地看着他。他来时似乎是一个绝好的游泳家，精力充足，克胜大海，回时却似是一个船破被溺，在海中挣命的不幸旅客；他来时，路途似是平坦的大道，回时却一步步都像崇山峻岭，不易登涉。他怨恨大海隔绝了他们；他们两意相联，两身却为一片海水所分；他们的心是一个，他们的身却分住在两地。假使他能住到西斯托去，或她能住到亚比杜斯来，那不是天从人愿么？然而天偏不肯从人所愿！

他们这样的夜夜相会，勒安德洛斯将那一片大海看得如寻常的平地一般了。然而有一次，海中却起了大风，一连七天七夜不止，浪高如山，惊涛怒号，远不是往日之细浪轻跳，水波微荡的样子。勒安德洛斯因此被阻，有七夜不能去赴约。赫洛的火炬每夜照在汹涌的海面上，却不见有勒安德洛斯的踪迹。赫洛独居孤塔，夜夜等候她的情人；她觉得每一夜比一年还长久。她觉得身边冰冷冷的，虚空空的；她常常和她的老乳母闲谈，怪他为何不来，然而回望塔外白沫飞溅的怒海，与呼呼的飞鸣而过的狂风，又觉得憎厌它们不已。有几次，她见海波略平，风浪渐息，以为这一夜他一定会来的了，等了一夜，却又不曾来。她疑心他不想来了！她的泪点不禁落满了双颊。

她在沙滩上，寻找他的足迹，仿佛黄沙是会留住足迹的；她常常吻着他出了海波之后，她代他披上身的那件衣服。白日过去了，她所盼望着的黑夜又带满天星斗而来临了，她到塔顶上燃起了火炬，为他游泳的目标。她坐在塔内，难忍耐地等着。她心无他思，思的是勒安德洛斯，无他念，念的是勒安德洛斯。"乳母，你以为我的情人现在已经离开他的家没有？或者，他们拘管得他太严密了，使他不能出门？你想，他现在已经脱去了衣服，正用柔膏涂抹身体以便入海了吗？"老乳母总对她不住地点头，并不是对于句句话她都赞同，乃是她已经入睡了，她的白发萧萧的头颅正在不自禁地点着。赫洛见了这个样子，也不禁失笑了。隔了一会，她又自念道："现在，他一定在游泳着了，他的双臂一定在分水而来了。"她时时向窗外凝望着，时时祷求大海给他以顺利的行程。有时，她听见什么响动，便以为是他行近来了，连忙要赶出去迎接他；然而外面是无边的黑暗，一点影子也不见。这样，夜间过去大半了，她也不觉倦极而沉沉地睡去，她仿佛和他同睡；她似乎见他上了岸，见他用湿淋淋的双臂抱着她的颈，她自己则照常把衣服披在他身上。他们热烈地互抱着，正当异常缠绵时，这个虚幻短促的愉快却和他的影子一同离开了她。

有一夜，海水似乎更平静，海浪在塔下轻轻的动荡着；她高高兴兴地以为他必来，然而这一夜又空过了。她不禁起了疑心；她不知他为何将这一个绝好的机会错过了，为何从前不怕海浪，而今却这样的怕起来？她记得，他初次来时，海水也不比现在平静。她不怕风浪阻止了他，她怕的是他的爱情将如风涛似的变更了。她怕他有了新的情人，因而抛弃了她；她怕有别一个女郎的手臂抱住了他的项颈。她想到这里，心里起了一阵妒火，似乎真有一个情敌在前面；她咬紧了牙齿，深叹了一口气．说道："他如果有了别人，我还不如死好！"

勒安德洛斯的焦急也不下于她；他夜夜坐在海边崖石上等候着；他皱着眉尖，凝望着消失在黑暗中的对岸。他的心已飞到对面去了，而他的身却半步也不能移动。他的眼似乎看见燃在她塔顶上的火炬；好几次他已将身上衣服脱下放在沙滩，预备跳入海水，一个大浪，溅得他满身是水花，它的力量似乎比巨岩还重，他又惊怯地退后了。

他这样的等过了七天七夜，海波还未平伏，他再也忍耐不住了，他请了一位勇敢的水手，送了一封信给赫洛，告诉她，无论如何这一夜一定要来的。他在信上说道："即使海水过几夜还是汹涌着，我也要泳过海来的。或者我能够平安地到了你那里，不然则死将是我的焦急的热情的结局。即使我不幸被溺于海中，我还愿我能够被海浪送到你的眼前。你将哭着，将以你的手臂拥抱我的无生气的尸身，说道：'是我使他死的。'我但愿海水能够平静了一会，等我游泳到彼岸时，然后随它如何怒号都可以。请你将火炬燃起来等待着我。让我这封信代替了我自己，和你同度过这一夜；我一定在最短的时间内到你那里去。"

赫洛回了一封信给他，希望他来，又怕他为风波所苦；她说道："我写着这封回信时，灯花'啪啪'的爆跳着，给我一个好兆头。看！我的乳母斟了一杯酒，向灯头上倒了一点，说道：'明天更要倒多些！'于是她将酒喝干了。你不要怕，维纳斯会保佑你的……然而我每回头望着高耸如山的浪头时，我心里便觉得一阵冷颤。昨夜，天色将明时，我看见一只海豚为风波所苦，被抛到沙上死去了，我很害怕。我但愿你能够平平安安地前来。你要小心，你如果不为你自己顾恤，也要为你的所爱的人想想。如果你有什么变故，她也将跟随着你的。"

希腊罗马神话与传说中的爱情故事

这一夜，在傍晚的时候，风浪似乎平静些，海面上只有小白沫顽皮的跳跃着，大浪也平匀地起伏着，如熟睡的婴儿的胸部，岸边的树枝也只微微颤动着。勒安德洛斯很高兴地踊身跳入海水，双臂不住地划着。每当双臂酸倦时，他便自己鼓励道："你们的辛苦不是没有报酬的，不久我便将我爱人的白颈给你们拥抱着了。"他这样的勇敢地游泳着，天空破絮似的黑云中，似乎有明月的黄光透出。远远的已可看见赫洛塔上所燃的火炬在熠熠的放光。赫洛在等待着他呢！然而过了中途之后，风渐渐的猛烈了，天上乌云也密合了；塔上的火光摇荡不定，浪高如山，一会儿抬他到峰尖，一会儿送他到谷底。他没有力量了，双臂不能自主了。然而他还是勇敢地向前游泳着，虽然一个巨浪冲过来，又把他打退了数丈。他看见火炬还是熠熠地放着光；他以这一星光明为标的，不住地用力游着：似乎这一星光明渐渐的近了。忽而又是一阵大风，把浪头鼓得更高了；他似乎又被浪荡退了许多路。又是一阵呼呼的大风，塔上的火炬似乎倏的被吹熄了。他如今一点方向也辨认不出了，不能进也不能退。他口中只唤着："赫洛，赫洛！"最后，他的双臂酸疲得不能再举了，一个大浪向他盖过去，他就被裹在海水中；他的头似乎枕在凉柔的枕上，他的身体似乎躺在冰软的垫上；他失去了知觉。他真如他信上所说，以死终结他热烈的爱情了。

　　赫洛在她塔上守了通夜，不曾合眼。乳母也伴着她不敢去睡。她比往夜更焦切；她跪在维纳斯的神像之前，祷求她保佑勒安德洛斯平安无事，祷求她使海波平静无浪。然而已过了往常应来之时，勒安德洛斯还不来。已过了午夜，勒安德洛斯还不来；而海上风涛一刻刻地更凶猛了，澎湃的声音如山崩海倒。她心里不禁起了一个不祥的预警。她怨恨自己不曾阻止了他，她但愿他不曾入海，她但愿有什么人将他拘绊住了，使他失约不来！不知什么时候，塔上的火炬已被风吹熄。她欲再将它燃着时，天色已将发白了。随了曙色而来的是一个恬静的海。她以憔悴疲倦的双眼凝望着海面；即在塔下，有一个美形的尸体，那就是她的勒安德洛斯！她踊身一跳入海，似乎要去拥抱他。这时，老乳母不能再候，已经沉沉地垂头而睡了，没有人再牵住她。她便和她的勒安德洛斯在柔和的绿垫之上同眠。

根据与参考

大熊小熊

本篇根据 Ovid: Metamorphoses，II，421 以下。

勒达与鹅

本篇参考下列各书：

（一）Apollodorus: The Library，I，viii，7。在那里作者以勒达为萨司蒂乌斯（Thestius）和欧律底密斯（Eurythemis）生的女儿。Pausanias：Description of Greece Ⅲ，13，8，也和他的叙述相同。但像本文这样叙述，似乎更有诗意。

（二）Apollodorus：The Library Ⅲ，x. 其原文如下：

"但宙斯变了一只鹅与勒达交合；同夜，丁达洛斯又和她交合。她为宙斯生了波吕克斯与海伦；为丁达洛斯生了卡斯托耳与克吕泰谟涅斯特拉。但有的人说，海伦乃是娜美西丝与宙斯的女儿：因为她逃避了宙斯的拥抱，变成了一只鹅，但宙斯也便变成了一只鹅，因此，遂与她交合；她生了一蛋，为他们恋爱的结果。有某牧人在丛林中得到此蛋，带去送给勒达，她将这蛋放在箱中保存着。当时候到了，海伦便孵化出来，勒达将她作为己女，抚养成人。"

（三）Euripides: Helen，16 以下。

（四）Lucian: Confabulation of the Marine Deities，XX，14。

（五）Hyginus: Fables，77。

欧罗巴与牛

本篇根据 Ovid: Motamorphoses，II，833 以下。又参考下列各书：

（一）Apollodorus: The Library，III，i，1。其原文如下：

"宙斯爱上了她，变成了一只驯牛使她骑在他背上，带她过海而至克里特。在那里宙斯和她同睡……欧罗巴不见了之后，她父亲阿革诺耳（Agenor）命诸子出去寻找她，且告诉他们，如不得欧罗巴，则不必归来。"

（二）Moschus，II，77 以下。

（三）Lucian: Confabulations of the Marine Deities。

（四）On the Syrian Goddess，4。

（五）Ovid：同书，603 以下。

（六）Hyginus: Fables，178。

希腊罗马神话与传说中的爱情故事

阿波罗与达佛涅

本篇根据 Ovid: Metamorphoses，I，453 以下。又参考：

Pausanias: Description of Greece Ⅷ，20，1-4，其原文如下：

"拉东的水是希腊河水中最美丽的，且也以达佛涅的传说著名。……这个琉刻波斯（Leucippus）与达佛涅生了爱，对于她公开求婚是不成功的，因为她拒却一切的男人；于是他想出了下面的方法：他为了阿尔斐俄斯河 Alpheus）留长了头发；他将发如女郎似的编起来，穿上女郎的衣服，到达佛涅那里，告诉她说，他是俄诺马俄斯（Oenomaus）的女儿，很愿意和她同猎。因此，她便当他是一个女郎；他比别的女郎身分高，又精于打猎，又忠心于她，于是他诱引达佛涅进于热烈的友谊。那些歌唱阿波罗与达佛涅的恋爱的人还加上说，阿波罗妒忌着琉刻波斯恋爱的成功；有一次达佛涅和别的女郎们要在拉东河中游泳，便剥去了不愿脱衣的琉刻波斯的衣服，她们见他不是一个女郎，便用标枪与短刀杀死了他。那故事这样说。"

按希腊古代的人，往往要留长头发，发长后，乃为河神割去，投入河中。发与河的关系，不仅希腊一地为然，澳大利亚土人见河水低浅时，也常投以入发，以为可以使干浅的河水涨高。见 J.G.Frazer 的 Pausanias 的注释第四册 pp.332-393（viii，41，3，note）。

玉簪花

本篇根据 Ovid：Metamorphoses，X，162 以下。又参考下列各书：

（一）Lucian:Confabulations of the Marine Deities，XIV. 本文即依据于此二书。

（二）Nicander: Ther，910 以下。

（三）Pausanias: Description of Greece，Ⅲ，19，4 以下。

（四）Philostratus:Imag，i，23（24）。

（五）Apollodorus:The Library，I，iii，3。

向日葵

本篇根据 Ovid:Metamorphoses，IV.169 以下。

恩底弥翁的美梦

本篇参考下列各书：

（一）Apollodorus：The Library，I，vii，5，其原文如下：

"卡丽丝（Calyce）和爱士柳斯（Aethlius）生有一个儿子恩底弥翁，他率领了爱奥林人（Aeolians）出了底萨莱而建立了厄利斯（Elis）。但有的人说，他乃是宙斯的儿子。他美貌无双，月亮便和他发生了恋爱，宙斯允许他选择一件他所欲的愿望，而他选了永眠，永久不老不死地睡着。"

（二）Apollonius Rhodius Argon，Ⅳ，57 以下。

（三）Pausanas:Description of Greece，V，14，其原文如下：

"他们说，月亮爱上了恩底弥翁，他和这位女神共生了五十个女神。有的人则说，这话大约比较可靠。恩底弥翁娶了一个妻，生了派翁（Pan），厄珀俄斯（Epeus），埃托罗斯（Aetolus）和一个女儿欧律库达（Eurycyda）……厄利斯人指出恩底弥翁的墓，而赫刺克勒亚（Heraclea）人则说他是到了拉特摩斯山上去了。……而在拉特摩斯山上，有一座恩底弥翁的庙宇。"

（四）Hyginus: Fables，271。

（五）Mythographi Graeci，ed. Westermann，pp，319 以下，又 324。

乌鸦与柯绿妮丝

本篇根据 Ovid：Metamorphoses，Ⅱ.534 以下。又参考下列各书：

（一）Pindar: pythian Odes，Ⅲ（14）以下。

（二）Pausanias: Description of Greece，Ⅱ，26，6。

（三）Hyginus: Fables，202。

（四）Hyginus: poetica Astronomica，Ⅱ，40。

（五）Antoninus Liberalis: Transform，20。

（六）Apollodorus；The Library，Ⅲ，X，3。

爱神的爱

本篇须有下列的说明：

丘比特与蒲赛克的故事，在希腊罗马神话中可算是最后的一则，但又是最美丽的一则。这个故事第一次见于罗马作家亚朴里斯（Apuleius）的《金驴》（Golden Ass）中。亚朴里斯在那里说；鲁赛斯（Lucius）变了驴，一次为强盗劫了去，一位美妇人亦同时被掠。她悲戚得几不欲生，代强盗看管她的老妪，便为她叙述这段丘比特与蒲赛克的恋爱故事来娱悦她。鲁赛斯站在附近，虽已变了骡子，听见这美丽的故事却不能不有动于中，"可惜没有笔墨把它记载下来"。

《金驴》的英译本，出版于一五六六年，是 Aldington 译的；现有重印本，在《劳勃丛书》（Loeb Library）中。本文完全根据《金驴》而略有删节；但所删节者皆无关紧要处。原文的美丽经了几次翻译，当然失去不少，然西子虽改了装，其娇艳似乎仍不稍减。蒲赛克照英文读法，应详赛契，兹系依原文读法。

蒲赛克的故事不仅为诗人画家所喜用的题材，即神话研究者，民间故事研究者，也皆取为极重要的研究材料。罗得（Rohde）的有名著作《蒲赛克》即以此故事为题材者，朗（A.Lang）在他的《习俗与神话》里，也引用到它。

这故事虽第一次为亚朴里斯所述，然可信其来源必甚古远，或是当年民间流传的一种传说，其中印下了不少古远的初民时代的痕迹。最重要的有四点：（一）神秘的丈夫；（二）禁止的特权；（三）不可能的工作；（四）助人的禽兽。

（一）神秘的丈夫、最普通的典型，见于"美人与怪兽"一则故事里。那故事说，一个美人嫁给一个怪兽，最后却发现这怪兽乃系一位被巫术所幻变的王子。我们由蒲赛克姊姊们的暗示里，可知这篇故事里原来必含有这个元素，至少这个元素是述说这个故事者所知道的。但就希腊的故事而论，丘比特的隐形是别有更自然的原因的，就是怕给他母亲维纳斯知道了。

（二）在许多禁止的特权的典型故事里，新娘大都是被禁止不许见她丈夫的面或问他的姓名；有时，当新娘属于一个比新郎高贵的种族时（譬如一个仙女），丈夫便有一个时期不能见到她；或不能见她在未披衣服时，或不能在她面前说出某一个特殊的字或名，或对她说责骂的话。本文灯油沾身的一节变故，在"日之东与月之西"几乎完全复述出；在那里，丈夫在白日是一头白熊，到晚间才复原形。这种"禁止"，似乎是包括一部分道德的教训与忠心的试验。这种"禁止"，在我们看来似乎颇可怪，其实它们乃表现当初流行的一种风俗的。古代斯巴达的新郎，有一个时期，除了偷偷地做着之外，是不许见他的妻的。这种风俗如今仍存在于野蛮民族中。在非洲的几个地方，新郎常不许见他的新娘，或不许在白日见她；同样的禁忌也仍存在于印度，美洲，以及别的地方。

（三）不可能的工作也是民间故事中最常遇见的题材。从赫剌克勒斯与伊阿宋至"汤的托"（Tom Tip Tot），都有这种元素；而这种元素却是历代以来永不失败的动人的故事关节。在蒲赛克所做的工作里，每一件都可成一个有趣的研究题目。她被警告不能饮食地狱中的酒肉，也是故事中常见的；最显著的例子，我们在刻瑞斯的故事里便可遇到。

（四）动物帮助蒲赛克完成她的不可能的工作的关节，也是童话中最常遇到的。在印度尤多。有些学者便以为这是佛教的影响。然此说却不能成立；因此种情节，不惟发生在佛教之前，且亦发生在"佛"力未及之区。这种典型的故事，乃属于人类与动物世界还密切地关连着的时候，那时的世界是浑一的，联合在一处，禽，兽，草，木都是人的朋友。

本文中还有好些小元素也可在他处见到；如两位妒忌的姊姊，便使我们想起了"辛特里婭"（Cinderclla）；磨折蒲赛克的维纳斯，便使我们想起了许多故事中凶恶的继母与主人。这一切都是民间故事所必要遇到的元素。

巨人的爱

本篇根据 Ovid：Metamorphoses，ⅩⅢ，735 以下。又参考下列各书：

（一）Lucian:Confabulations of the Marine Deities. Ⅰ。在那里，作者叙说伽拉忒亚向她姊妹多里斯（Doris）夸耀库克罗普斯之爱她，多里斯则力诋他的丑形。据注释者说，多里斯之嫉妒她的姊妹，不因库克罗普斯爱她，而因她有人爱着；伽拉忒亚也不是真爱库克罗普斯，乃是夸耀有人倾倒于她。

（二）在抒情诗人巴克科里特斯（Bacchylides）的一篇残诗里，他说，伽拉忒亚并不常常对库克罗普斯那么冷淡，逃避，她曾同他生一子，名格拉托斯（Galatus）。

（三）Theocritus:Idyll，Ⅺ，20。他也和 Ovid 一样，写的

是库克罗普斯被伽拉忒亚拒绝的事。

（四）关于库克罗普斯被优里赛斯取去了他的独眼事，见 Homer: Odyssey，Ⅸ。

史克娅与喀耳刻

本篇根据 Ovid:Metamorphoses，ⅩⅢ，898 以下；ⅩⅣ，1 以下。

关于史克娅攫取优里赛斯同伴事，可参阅：（一）Homer:Odyssey，ⅩⅡ，73 以下，（二）Apollodorus: Epitome，Ⅶ，20，（三）Hyginus: Fables，121，199。

喀耳刻与辟考斯

本篇根据 Ovid：Metamorphoses，XIV，320 以下。

象牙女郎

本篇根据 Ovid:Metamorphoses，X，238–297。

美娅与其父

本篇根据 Ovid：Metamorphoses，X，298–518。又参考下列各书：

（一）Plutarch:Parallela，22。

（二）Antoninus Liberlis: transform 34。

（三）Apollorlorus：The Library，Ⅳ，xiv，4。其原文如下：

"巴尼亚西斯（Panyasis）说，他（喀倪剌斯）是叙利亚王提阿斯（Thias）之子，生有一女史美娅（Smyraa）。因为她不崇敬阿佛洛狄忒，她发了怒，这个史美娅竟对于她父亲发生了恋爱，得了她乳母之助，她和她父亲同床了十二夜，不为他所知。但当他知道了这事时，他拔出刀来，追逐着她。她将被追上时，向神祇祷告，要求不为他所见；于是神祇们哀怜她，把她变为一树，这树他们称之为'史美娅'。"

（四）Hyginus: Fables，58，164。

阿多尼斯之死

本篇根据 Ovid:Metamorphoses，Ⅹ，519–739。又参考下列各书：

（一）Apollodorus，The Library. Ⅲ，xiv，4，其原文如下：

"阿多尼斯还是一个孩子时，因触犯了阿耳忒弥斯（Artemis），在打猎时为一只野猪所伤而死。……阿多尼斯还是一个婴孩时，便已异常美貌，阿佛洛狄忒把他藏在一箱中，不为众神所知，把他托给珀耳塞福涅。但当珀耳塞福涅见到他时，却不肯将他给还了。这件案子在宙斯面前审判；他将一年分为三份，他命令说，阿多尼斯在一年中，有一部分是他自己的，有一部分是珀耳塞福涅的，其余的部分是阿佛洛狄忒的。然而阿多尼斯将他的一份也给了阿佛洛狄忒。他后

希腊罗马神话与传说中的爱情故事

来在一次打猎中为野猪所伤而死。"

（二）Hyginus: Poetica Astronomica，Ⅱ，6。

（三）Plutarch: Parallela，22。

（四）Antoninus Liboralis: Transform，34。

（五）Hygnus: Fables，58，164。

（六）Bion:Idyll，Ⅰ。

歌者俄耳甫斯

本文根据 Ovid：Metamorphoses，X，3 以下，及 Gluck 的歌剧。又参考下列各书：

（一）Apollodorus: The Libary，Ⅰ，iii.2 以下。其原文如下：

"俄耳甫斯学习音乐，他的歌声能够感动岩石和树木。当他的妻中蛇毒而死时，他走下地狱，要带她复回人世，求普路同许她复生。普路同允许他将她带去，不过俄耳甫斯在未到他自己家中之前，不可回头望她。但他不听这话，回头一望他的妻，于是她又回地府去了。"

（二）Pausanias:IX，30，6。其原文如下：

"别的人说，他妻死在他之前，为了她之故，他到埃奥农（Aornum）那里去……他想，欧律狄刻的灵魂跟着他，但他回头一望时，她却失去了，于是他乃因悲哀而自尽。"

（三）Conon:Narrat.45。

（四）Virgil: Ceorglcs，IV.454 以下。

（五）Hyginus: Fables，164。

白比丽丝泉

本文根据 Ovid: Metamorphoses，IX，454–665。

仙女波莫娜

本文根据 Ovid：Metamorphoses，XIV，623 以下。

那耳喀索斯

本文根据 Ovid：Metamorphoses，III，339 以下。

柏绿克丽丝的标枪

本文根据 Ovid：Metamorphoses，VII，685–865，并采取 Cox 的《神与英雄的故事》而略有增节。又参考下列各书：

（一）Apollodorus: The Library，III . XVI.I。其原文如下：

"柏绿克丽丝嫁给了西发洛斯，台依乌（Deiou）的儿子。柏绿克丽丝为一顶金冠所诱惑，引了浦忒勒翁（Pteleon）到她床上去，这事被西发洛斯所侦知，她便逃到弥诺斯（Minos）那里去。但他和她发生了恋爱，要想与她好合。……弥诺斯有一只快狗和一杆飞出必中的标枪；他把这些东西给了她。柏绿克丽丝仍肯和他同床……但以后，他惧怕弥诺斯的妻，便到雅典去，与西发洛斯复和。她常和他同去打猎，因她本喜此戏。正当她在密林中追猎野兽时，西发洛斯不知她在那里，飞的一标枪，正中在柏绿克丽丝身上而杀死了她。"

（二）Antoninus Liberalis: Transform，41。

（三）J.Tzctzes: Chiliadcs，I.542 以下。

（四）Hyginus: Fables，189。

赛克斯与亚克安娜

本文根据 Ovid : Metamorphoses，XI.270 以下。又参考下列各书：

（一）Apollodorus: The Library，I，Ⅶ，4。其原文如下：

"亚克安娜嫁了路西弗的儿子塞克斯，他们俩为了他们的虚荣心而灭亡；因为他说，他的妻是赫拉，而她说，她的夫是宙斯。宙斯便将他们变为鸟类；他将她变为摸鱼鸟（Alcyon），将他变为海鹅（Ceyx）。"

（二）Hyginus: Fables，65。

（三）Lucian: Halcyen，1。

（四）Aristophanes:Birds，250 的注释。

潜水鸟

本文根据 Ovid : Metamorphoses，XI.749 以下。又参考下列各书：

（一）Apollodorus: The Library，Ⅲ，xii，5。其原文如下：

"普里阿摩斯即了王位，先娶米洛甫斯（Merops）的女儿亚丽丝白（Arisbe）为妻，生了一子爱萨考斯。他娶了克白林的女儿爱丝特绿甫（Asterope）为妻。当她死时，他悲戚不已，遂变成一只鸟。”

（二）Servius: On Virgil, Aeneid, Ⅳ, 255, Ⅴ.128。

伊菲斯

本文根据 Ovid：Metamorphoses，Ⅸ，665 以下。

关于帕西法厄爱公牛的事，见 Apollodorus:The Library，Ⅲ，4。事情是这样的：她爱着一头公牛，求一个因杀人逃出雅典的建筑家代达罗斯为她设了一计。他造了一头木制的母牛，中空，外蒙牛皮，将它放在牧场上。帕西法厄藏在其中，公牛来了，以为它是真的母牛，就和它交合。于是帕西法厄生了一个儿子，即牛首人身的巨怪弥诺陶洛斯（Minonaur）。

俄诺涅与帕里斯

本文参考下列各书：

（一）Apollodorus：The Library，Ⅲ，xii，6。其原文如下：

“现在赫克托娶了安特洛马刻（Andromache），厄厄提翁（Eetion）的女儿。而阿勒克珊德洛斯则娶了俄诺涅，河神克白林的女儿。她从丽亚（Rhea）那里学得了预言术；她警告阿勒克珊德洛斯不要航海去取海伦；但他不听；她便又告诉他说，如果他受了伤时，可到她那里去，因为只有她才能医好他。当他把海伦从斯巴达拐逃了去时，特洛亚便被围了；

· 175 ·

他被菲洛克底特（Philoctetes）用赫克里斯的箭射伤了，便回到伊达山俄诺涅那里去。但她蕴着满怀的怨苦，不肯下手医治他。于是阿勒克珊德洛斯又被带回特洛亚，死在那里了。但俄诺涅又后悔了，带了医伤药追去：见他已经死去，她便也自缢而亡。"

（二）Conon:Narrat，23。

（三）Parthenius: Narrat，4。

（四）Ovid: Heroides，Ⅴ，本文一部分依据于此。

（五）Quintus Smyrnacus，Ⅹ。

潘与西冷克丝

本文根据 Ovid：Metamorphoses，Ⅰ，690 以下。

勒安德洛斯与赫洛

本文根据下列各书：

（一）Ovid:The Heroides，ⅩⅧ and ⅩⅨ。

（二）Musaeus: Hero and Leander。

（三）Virgil: Georgics，Ⅲ，258。